»Es gibt in der weiten Welt nichts Unsichtbareres, Edleres und Schöneres als die Hochgebirgssonne im Winter. Von Schnee und Eis und Stein zurückgeworfen, spielt Licht und Wärme schwelgerisch in den unbeschreiblich durchsichtigen winterklaren Lüften – ein Licht und ein Strahlen feiner, zarter, trockener Wärme, von dem das Tiefland auch in den glänzendsten Tagen keine Ahnung hat.«

Die Schönheit des kristallklaren Winters hat Hermann Hesse in einer Vielzahl an Gedichten und Gedanken festgehalten, die von der Stille einer Schneelandschaft und der Sonnenluft im Februar erzählen.

Hermann Hesse, geboren am 2. Juli 1877 in Calw / Württemberg, wurde 1946 mit dem Nobelpreis für Literatur ausgezeichnet. Er starb am 9. August 1962 in seiner Wahlheimat Montagnola bei Lugano. Sein Werk erscheint im Suhrkamp und Insel Verlag.

insel taschenbuch 4193
Hermann Hesse
Winter

HERMANN HESSE
/ WINTER /

Ausgewählt von Ulrike Anders

INSEL VERLAG

6. Auflage 2024

Erste Auflage 2012
insel taschenbuch 4193
© Insel Verlag Berlin 2010
Hinweise zu dieser Ausgabe am Schluß des Bandes
Druck: Beltz Grafische Betriebe GmbH, Bad Langensalza
Printed in Germany
ISBN 978-3-458-35893-0

www.insel-verlag.de

Insel Verlag Anton Kippenberg GmbH & Co. KG
Torstraße 44, 10119 Berlin
info@insel-verlag.de

/ WINTER /

Regen schleiert dünn, und träge Flocken
Sind dem grauen Schleier eingewoben,
Hängen sich an Zweig und Drähte oben,
Bleiben unten an den Scheiben hocken,
Schwimmen schmelzend in der kühlen Nässe,
Geben dem Geruch der feuchten Erde
Etwas Dünnes, Nichtiges und Vages,
Und dem Tropfenrieseln die Gebärde
Eines Zögerns, und dem Licht des Tages
Eine kränkelnde, verdrossene Blässe.

In der morgenblinden Scheiben Zeile
Dämmert da mit rosig warmem Schimmer
Einsam noch ein Fenster nachtbeleuchtet.
Eine Krankenschwester kommt, sie feuchtet
Sich mit Schnee die Augen, eine Weile
Steht und starrt sie, kehrt zurück ins Zimmer.
Es erlischt der Kerzenschein, und grauer
Dehnt sich in den bleichen Tag die Mauer.

Vom großen Fenster scheint Dezemberlicht
Auf blaues Leinen, rosigen Damast,
Goldrahmenspiegel mit dem Himmel spricht,
Blaubauchiger Tonkrug hält den Strauß umfaßt
Vielfarbiger Anemonen, gelber Kressen.
Inmitten sitzt, von seinem Spiel besessen,
Der alte Meister, der sein Antlitz malt,
Wie es der Spiegel ihm entgegen strahlt.
Vielleicht hat er für Enkel es begonnen,
Ein Testament, vielleicht der eigenen Jugend Spur
Gesucht im Spiegelglas. Doch das ist längst vergessen,
War eine Laune, war ein Anlaß nur.
Er sieht und malt nicht sich; er wägt besonnen
Das Licht auf Wange, Stirne, Kinn, das Blau
Und Weiß im Bart, er läßt die Wange glühen
Und blumenschöne Farben aus dem Grau
Des Vorhangs und der alten Jacke blühen.
Er wölbt die Schulter, baut den Schädel rund
Ins Übergroße, gibt dem vollen Mund
Ein tief Karmin. Vom edlen Spiel besessen
Malt er, als wären's Luft, Gebirg und Bäume,
Malt er gleich Anemonen oder Kressen
Sein Bildnis in imaginäre Räume,

Um nichts besorgt als um das Gleichgewicht
Von Rot und Braun und Gelb, die Harmonie
Im Kräftespiel der Farben, das im Licht
Der Schöpferstunde strahlt, schön wie noch nie.

// Die Schneeprinzessin erscheint mit kleinem Gefolge, aus gewaltiger Höhe kommend, und sucht sich einen Rastort in weiten Bergmulden oder auf einer breiten Kuppe aus. Neidisch sieht die falsche Bise die Arglose sich lagern, leckt heimlich gierend am Berg empor und überfällt sie plötzlich wütend und tosend. Sie wirft der schönen Prinzessin zerfetzte schwarze Wolkenlappen entgegen, höhnt sie, krakeelt sie an, möchte sie verjagen. Eine Weile ist die Prinzessin unruhig, wartet, duldet, und manchmal steigt sie kopfschüttelnd, leise und höhnisch wieder in ihre Höhe zurück. Manchmal aber sammelt sie plötzlich ihre geängsteten Freundinnen um sich her, enthüllt ihr blendend fürstliches Angesicht und weist den Kobold mit kühler Hand zurück. Er zaudert, heult, flieht. Und sie lagert sich still, hüllt ihren Sitz weitum in blassen Nebel, und wenn der Nebel sich verzogen hat, liegen Mulden und Kuppen klar und glänzend mit reinem, weichem Neuschnee bedeckt.

(Aus: »Peter Camenzind«, 1904)

Alt geworden bist du, grünes Jahr,
Blickst schon welk und trägst schon Schnee im Haar,
Gehst schon müd und hast den Tod im Schritt –
Ich begleite dich, ich sterbe mit.

Zögernd geht das Herz den bangen Pfad,
Angstvoll schläft im Schnee die Wintersaat.
Wieviel Äste brach mir schon der Wind,
Deren Narben nun mein Panzer sind!
Wieviel bittre Tode starb ich schon!
Neugeburt war jedes Todes Lohn.

Sei willkommen, Tod, du dunkles Tor!
Jenseits läutet hell des Lebens Chor.

// Vierzehn Tage später, nachdem es auf nebelkalte Tage
noch sonnige mit späten Glockenblumen und kühlreifen
Brombeeren gegeben hatte, brach plötzlich der Winter
herein. Es gab strengen Frost und darauf am dritten Tage
bei milderer Luft einen schweren, hastigen Schneefall.
Knulp war diese ganze Zeit unterwegs gewesen, auf ziello-
ser Streife immer im Umkreis der Heimat, und noch zweimal hatte er aus nächster Nähe, im Walde verborgen, den

Steinklopfer Schaible gesehen und beobachtet, ohne ihn nochmals anzurufen. Er hatte zu viel zu denken gehabt und war auf allen den langen, mühsamen, nutzlosen Wegen immer tiefer in das Gewirr seines verfehlten Lebens geraten wie in zähe Dornranken, ohne den Sinn und Trost dazu zu finden. Dann war die Krankheit von neuem über ihn gekommen, und wenig fehlte, so wäre er eines Tages trotz allem doch noch in Gerbersau erschienen und hätte am Krankenhaus angeklopft. Aber als er nach tagelangem Alleinsein wieder die Stadt unten liegen sah, da klang ihm alles fremd und feindlich entgegen, und es ward ihm klar, daß er nimmer dorthin gehöre. Zuweilen kaufte er in einem Dorf ein Stück Brot, auch gab es noch Haselnüsse genug. Die Nächte brachte er in den Blockhütten der Waldarbeiter oder zwischen Strohbündeln auf dem Felde zu.

Jetzt kam er im dichten Schneetreiben vom Wolfsberg herüber gegen die Talmühle gegangen, verfallen und todesmüde und dennoch immerzu auf den Beinen, als müsse er den kleinen Rest seiner Tage noch mächtig ausnützen und laufen, laufen, allen Waldrändern und Schneisen nach. So krank und müde er war, seine Augen und seine Nüstern hatten die alte Beweglichkeit behalten; äugend und schnuppernd wie ein feinfühliger Jagdhund stellte er auch jetzt noch, da es keine Ziele mehr für ihn gab, jede Bodensenkung, jeden Windhauch, jede Tierspur fest. Sein Wille war nicht dabei, und seine Beine gingen von selber.

In seinen Gedanken aber stand er jetzt wieder, wie seit einigen Tagen fast immerzu, vor dem lieben Gott und sprach unaufhörlich mit ihm. Furcht hatte er keine; er wußte, daß Gott uns nichts tun kann. Aber sie sprachen miteinander, Gott und Knulp, über die Zwecklosigkeit seines Lebens, und wie das hätte anders eingerichtet werden können, und warum dies und jenes so und nicht anders habe gehen müssen.

»Damals ist es gewesen«, beharrte Knulp immer wieder, »damals, wie ich vierzehn Jahre alt war und die Franziska mich im Stich gelassen hat. Da hätte noch alles aus mir werden können. Und dann ist irgend etwas in mir kaputt gegangen oder verpfuscht worden, und von da an habe ich eben nichts mehr getaugt. – Ach was, der Fehler ist einfach der gewesen, daß du mich nicht mit vierzehn Jahren hast sterben lassen! Dann wäre mein Leben so schön und vollkommen gewesen wie ein reifer Apfel.«

Der liebe Gott aber lächelte immerzu, und manchmal verschwand sein Gesicht ganz in dem Schneetreiben.

»Na, Knulp«, sagte er ermahnend, »denk einmal an deine Jungeburschenzeit, und an den Sommer im Odenwald, und an die Lächstetter Zeiten! Hast du da nicht getanzt wie ein Reh und hast das schöne Leben in allen Gelenken zucken gefühlt? Hast du nicht singen können und Harmonika spielen, daß den Mädchen die Augen übergelaufen sind? Weißt du noch die Sonntage in Bauerswil? Und deinen ersten Schatz, die Henriette? Ja, ist denn das alles nichts gewesen?«

Knulp mußte nachdenken, und wie ferne Bergfeuer strahlten ihm die Freuden seiner Jugend dunkelschön herüber und dufteten schwer und süß wie Honig und Wein, und klangen tieftönig wie Tauwind in der Vorfrühlingsnacht. Herrgott, es war schön gewesen, schön die Lust und schön die Trauer, und es wäre jammerschade um jeden Tag gewesen, der gefehlt hätte!

»Ach ja, es war schön«, gab er zu und war doch voll Weinerlichkeit und Widerspruch wie ein müdes Kind. »Es war schön damals. Freilich, Schuld und Traurigkeit ist auch schon dabei gewesen. Aber es ist wahr, es sind gute Jahre gewesen, und vielleicht haben nicht viele solche Becher ausgetrunken und solche Tänze angeführt und solche Liebesnächte gefeiert, wie ich dazumal. Aber dann, dann hätte es aus sein sollen! Schon dort war ein Stachel im Glück, ich weiß noch wohl, und dann sind niemals mehr so gute Zeiten gekommen. Nein, niemals mehr.«

Der liebe Gott war weit im Schneegewehe verschwunden. Nun, da Knulp ein wenig stehenblieb, um wieder zu Atem zu kommen und ein paar kleine Blutflecke in den Schnee zu spucken, nun war Gott unversehens wieder da und gab Antwort.

»Sag einmal, Knulp, bist du nicht ein wenig undankbar? Ich muß lachen, wie vergeßlich du geworden bist! Wir haben uns an die Zeit erinnert, wo du der Tanzbodenkönig warst, und an deine Henriette, und du hast zugeben müssen: es war gut und schön, es hat wohlgetan und einen Sinn gehabt. Und wenn du so an die Henriette denkst, mein Lieber, wie willst du dann gar an Lisabeth denken? Ja, hast du denn die ganz vergessen können?«

Und wieder stand wie ein fernes Gebirge ein Stück Vergangenheit vor Knulps Augen, und wenn es nicht ganz so froh und lustig aussah wie das vorige, so glänzte es dafür viel heimlicher und inniger, wie Frauen lächeln zwischen Tränen, und es standen Tage und Stunden aus ihren Gräbern auf, an die er lange nimmer gedacht hatte. Und mitten inne stand Lisabeth, mit schönen, traurigen Augen, den kleinen Buben auf dem Arm.

»Was für ein schlechter Kerl bin ich gewesen!« fing er wieder zu klagen an. »Nein, seit die Lisabeth tot ist, hätte ich auch nimmer leben dürfen.«

Aber Gott ließ ihn nicht weiterreden. Er sah ihn durchdringend aus den hellen Augen an und fuhr fort: »Hör auf, Knulp! Du hast der Lisabeth sehr weh getan, das ist nicht anders, aber du weißt wohl, sie hat doch mehr Zartes und Schönes von dir empfangen als Böses, und sie hat dir nicht einen Augenblick gezürnt. Siehst du denn immer noch nicht, du Kindskopf, was der Sinn von dem allen war? Siehst du nicht, daß du deswegen ein Leichtfuß und ein Vagabund sein mußtest, damit du überall ein Stück Kin-

dertorheit und Kinderlachen hintragen konntest? Damit überall die Menschen dich ein wenig lieben und dich ein wenig hänseln und dir ein wenig dankbar sein mußten?«

»Es ist am Ende wahr«, gab Knulp nach einigem Schweigen halblaut zu. »Aber das ist alles früher gewesen, da war ich noch jung! Warum hab ich aus dem allen nichts gelernt und bin kein rechter Mensch geworden? Es wäre noch Zeit gewesen.«

Es gab eine Pause im Schneefall. Knulp rastete wieder einen Augenblick und wollte den dicken Schnee von Hut und Kleidern schütteln. Aber er kam nicht dazu, er war zerstreut und müde, und Gott stand jetzt nahe vor ihm, seine lichten Augen waren weit offen und strahlten wie die Sonne.

»Nun sei einmal zufrieden«, mahnte Gott, »was soll das Klagen nützen? Kannst du wirklich nicht sehen, daß alles gut und richtig zugegangen ist und daß nichts hätte anders sein dürfen? Ja, möchtest du denn jetzt ein Herr oder ein Handwerksmeister sein und Frau und Kinder haben und am Abend das Wochenblatt lesen? Würdest du nicht sofort wieder davonlaufen und im Wald bei den Füchsen schlafen und Vogelfallen stellen und Eidechsen zähmen?«

Wieder fing Knulp zu gehen an, er schwankte vor Müdigkeit und spürte doch nichts davon. Es war ihm viel wohler zumute geworden, und er nickte dankbar zu allem, was Gott ihm sagte.

»Sieh«, sprach Gott, »ich habe dich nicht anders brauchen

können, als wie du bist. In meinem Namen bist du gewan-
dert und hast den seßhaften Leuten immer wieder ein
wenig Heimweh nach Freiheit mitbringen müssen. In meinem Namen hast du Dummheiten gemacht und dich ver-
spotten lassen; ich selber bin in dir verspottet und bin in
dir geliebt worden. Du bist ja mein Kind und mein Bruder
und ein Stück von mir, und du hast nichts gekostet und
nichts gelitten, was ich nicht mit dir erlebt habe.«

»Ja«, sagte Knulp und nickte schwer mit dem Kopf. »Ja,
es ist so, ich habe es eigentlich immer gewußt.«

Er lag ruhend im Schnee, und seine müden Glieder waren
ganz leicht geworden, und seine entzündeten Augen lächel-
ten.

Und als er sie schloß, um ein wenig zu schlafen, hörte er
noch immer Gottes Stimme reden und sah noch immer
in seine hellen Augen.

»Also ist nichts mehr zu klagen?« fragte Gottes Stimme.

»Nichts mehr«, nickte Knulp und lachte schüchtern.

»Und alles ist gut? Alles ist, wie es sein soll?«

»Ja«, nickte er, »es ist alles, wie es sein soll.«

Gottes Stimme wurde leiser und tönte bald wie die seiner
Mutter, bald wie Henriettes Stimme, bald wie die gute, sanfte Stimme der Lisabeth.

Als Knulp die Augen nochmals auftat, schien die Sonne
und blendete so sehr, daß er schnell die Lider senken mußte. Er spürte den Schnee schwer auf seinen Händen liegen

und wollte ihn abschütteln, aber der Wille zum Schlaf war
schon stärker als jeder andere Wille in ihm geworden.

(Aus: »Knulp«, 1907 / 14)

/ WANDERER IM SCHNEE /

Mitternacht schlägt eine Uhr im Tal,
Mond am Himmel wandert kalt und kahl.

Unterwegs im Schnee und Mondenschein
Geh mit meinem Schatten ich allein.

Wieviel Wege ging ich frühlingsgrün,
Wieviel Sommersonnen sah ich glühn!

Müde ist mein Schritt und grau mein Haar,
Niemand kennt mich mehr, wie einst ich war.

Müde bleibt mein dürrer Schatten stehn –
Einmal muß die Fahrt zu Ende gehn.

Traum, der durch die bunte Welt mich zog,
Weicht von mir. Ich weiß nun, daß er log.

Eine Uhr im Tal schlägt Mitternacht,
O wie kalt der Mond dort oben lacht!

Schnee, wie kühl umfängst du Stirn und Brust!
Holder ist der Tod, als ich gewußt.

// Einschlafen dürfen, wenn man müde ist, und eine Last
fallen lassen dürfen, die man sehr lang getragen hat, das
ist eine köstliche, eine wunderbare Sache.

(Aus: »Das Glasperlenspiel«, 1931-1942)

// Unsre Gegend ist sehr still und merkt vom Krieg sehr
wenig, im Unterschied zur deutschen Schweiz. Und endlich haben wir, zum Ausklang dieses Regenjahres, auch eine Periode schönen haltbaren Wetters, sanfte sonnige Tage. Malerisch und farbig ist unsre Landschaft im Winter
am schönsten, namentlich solang kein Schnee liegt. Alles
hat einen sanften und intensiven Glanz, eine stille Far-
bigkeit und in der Stunde des Abendwerdens, wenn die
Berge wie von innen zu glühen beginnen, steigert sich das
zu einer innigen Lichtfeier, die jedesmal wie ein stiller und
lächelnder Protest der freundlichen, langfristigen, mütter-
lichen Mächte gegen das Getue der Weltgeschichte erscheint.

(Aus einem Brief an Max Herrmann-Neiße, Dezember 1939)

// Es ist Anfang Dezember. Der Winter zögert noch, Stürme heulen und seit Tagen fällt ein dünner, hastiger Regen, der sich manchmal, wenn es ihm selber zu langweilig wird, für eine Stunde in nassen Schnee verwandelt. Die Straßen sind ungangbar, der Tag dauert nur sechs Stunden.

Mein Haus steht allein im freien Feld, umgeben vom heulenden Westwind, von Regendämmerung und Geplätscher, von dem braunen, triefenden Garten und schwimmenden bodenlos gewordenen Feldwegen, die nirgendshin führen. Es kommt niemand, es geht niemand, die Welt ist irgendwo in der Ferne untergegangen. Es ist alles, wie ich mir's oft gewünscht habe – Einsamkeit, vollkommene Stille, keine Menschen, keine Tiere, nur ich allein in einem Studierzimmer, in dessen Kamin der Sturm jammert und an dessen Fensterscheiben Regen klatscht.

Die Tage vergehen so: Ich stehe spät auf, trinke Milch, besorge den Ofen. Dann sitze ich im Studierzimmer, zwischen dreitausend Büchern, von denen ich zwei abwechselnd lese. […]

Wenn mir die Augen weh tun, setze ich mich in den Lehnstuhl und schaue zu, wie die dürftige Tageshelle an den bücherbedeckten Wänden hinstirbt und versiegt. Oder ich stelle mich vor die Wände und schaue die Bücherrücken an. Sie sind meine Freunde, sie sind mir geblieben, sie werden mich überleben; und wenn auch mein Interesse für sie im Schwinden begriffen ist, muß ich mich doch an

sie halten, da ich nichts anderes habe. Ich schaue sie an,
diese stummen, zwangsweise treu gebliebenen Freunde,
und denke an ihre Geschichten. [...]
So vergeht der Tag, und der Abend vergeht bei Lampen-
licht, Büchern, Zigarren, bis gegen zehn Uhr. Dann steige
ich im kalten Nebenzimmer ins Bett, ohne zu wissen
warum, denn ich kann wenig schlafen. Ich sehe das Fen-
sterviereck, den weißen Waschtisch, ein weißes Bild überm
Bett in der Nachtblässe schwimmen, ich höre den Sturm
im Dach poltern und an den Fenstern zittern, höre das
Stöhnen der Bäume, das Fallen des gepeitschten Regens,
meinen Atem, meinen leisen Herzschlag. Ich mache die
Augen auf, ich mache sie wieder zu; ich versuche an meine
Lektüre zu denken, doch gelingt es mir nicht. Statt dessen
denke ich an andere Nächte, an zehn, an zwanzig vergan-
gene Nächte, da ich ebenso lag, da ebenso das bleiche Fenster schimmerte und mein leiser Herzschlag die blassen, we-
senlosen Stunden abzählte. So vergehen die Nächte.
Sie haben keinen Sinn, so wenig wie die Tage, aber sie vergehen doch, und das ist ihre Bestimmung. Sie werden kommen und vergehen, bis sie wieder irgendeinen Sinn erhalten
oder auch bis sie zu Ende sind, bis mein Herzschlag sie
nimmer zählen kann. Dann kommt der Sarg, das Grab, vielleicht an einem hellblauen Septembertag, vielleicht bei
Wind und Schnee, vielleicht im schönen Juni, wenn der
Flieder blüht.

Immerhin sind meine Stunden nicht alle so. Eine, eine halbe von hundert ist doch anders. Dann fällt mir plötzlich das wieder ein, an was ich eigentlich immerfort denken will und was mir die Bücher, der Wind, der Regen, die blasse Nacht immer wieder verhüllen und entziehen. Dann denke ich wieder: Warum ist das so? Warum hat Gott dich verlassen? Warum ist deine Jugend von dir gewichen? Warum bist du so tot?

Das sind meine guten Stunden. Dann weicht der erdrückende Nebel. Geduld und Gleichgültigkeit fliehen fort, ich schaue erwacht in die scheußliche Öde und kann wieder fühlen. Ich fühle die Einsamkeit wie einen gefrorenen See um mich her, ich fühle die Schande und Torheit dieses Lebens, ich fühle den Schmerz um die verlorene Jugend grimmig flammen. Es tut weh, freilich, aber es ist doch Schmerz, es ist doch Scham, es ist doch Qual, es ist doch Leben, Denken, Bewußtsein.

Warum hat Gott dich verlassen? Wo ist deine Jugend hin? Ich weiß es nicht, ich werde es nie erdenken. Aber es sind doch Fragen, es ist doch Auflehnung, es ist doch nicht mehr Tod.

Und statt der Antwort, die ich doch nicht erwarte, finde ich neue Fragen. Zum Beispiel: Wie lang ist es her? Wann war's das letzte Mal, daß du jung gewesen bist?

Ich denke nach, und die erfrorene Erinnerung kommt langsam in Fluß, bewegt sich, schlägt unsichere Augen auf

und strahlt unversehens ihre klaren Bilder aus, die unver-
loren unter der Todesdecke schliefen.

Anfangs will es mir scheinen, die Bilder seien ungeheuer alt, zum mindesten zehn Jahre alt. Aber das taub gewordene Zeitgefühl wird zusehends wacher, legt den vergessenen Maßstab auseinander, nickt und mißt. Ich erfahre, daß alles viel näher beieinander liegt, und nun tut auch das entschlafene Identitätsbewußtsein die hochmütigen Augen auf und nickt bestätigend und frech zu den unglaublichsten Dingen. Es geht von Bild zu Bild und sagt: »Ja, das war ich«, und jedes Bild rückt damit sofort aus seiner kühlschönen Beschaulichkeit heraus und wird ein Stück Leben, ein Stück meines Lebens. Das Identitätsbewußtsein ist eine zauberhafte Sache, fröhlich zu sehen, und doch unheimlich. Man hat es, und man kann doch ohne es leben und tut es oft genug, wenn nicht meistens. Es ist herrlich, denn es vernichtet die Zeit; und ist schlimm, denn es leugnet den Fortschritt.

Die erwachten Funktionen arbeiten, und sie stellen fest, daß ich einmal an einem Abend im vollen Besitz meiner Jugend war, und daß es erst vor einem Jahr gewesen ist. Es war ein unbedeutendes Erlebnis, viel zu klein, als daß es sein Schatten sein könnte, in dem ich nun so lange lichtlos lebe. Aber es war ein Erlebnis, und da ich seit Wochen, vielleicht Monaten vollkommen ohne Erlebnisse war, dünkt es mir eine wunderbare Sache, schaut mich wie ein Paradieslein an und tut viel wichtiger, als nötig wäre. Allein mir ist das lieb, ich bin dafür unendlich dankbar. Ich habe eine gute Stunde. Die Bücherreihen, die Stube, der Ofen, der Regen, das Schlafzimmer, die Einsamkeit, alles löst sich auf, zerrinnt, schmilzt hin. Ich rege, für eine Stunde, befreite Glieder.

(Aus: »Taedium Vitae«, 1908)

/ GRAUER WINTERTAG /

Es ist ein grauer Wintertag,
Still und fast ohne Licht,
Ein mürrischer Alter, der nicht mag,
Daß man noch mit ihm spricht.

Er hört den Fluß, den jungen, ziehn
Voll Drang und Leidenschaft;
Vorlaut und unnütz dünkt sie ihn,
Die ungeduldige Kraft.

Er kneift die Augen spöttisch ein
Und spart noch mehr am Licht,
Ganz sachte fängt er an zu schnei'n,
Zieht Schleier vors Gesicht.

Ihn stört in seinem Greisentraum
Der Möwen grell Geschrei,
Im kahlen Ebereschenbaum
Der Amseln Zänkerei.

All das Getue lächert ihn
Mit seiner Wichtigkeit;
Er schneielet so vor sich hin
Bis in die Dunkelheit.

// GESPRÄCH MIT DEM OFEN

Er stellte sich mir vor, dick, breit, das große Maul voll Feuer.
Er hieß Franklin. »Bist du Benjamin Franklin?« fragte ich.
»Nein, nur Franklin. Francolino. Ich bin ein italienischer
Ofen, eine vorzügliche Erfindung. Ich wärme zwar nicht
besonders, aber als Erfindung, als Erzeugnis einer hoch-
entwickelten Industrie …«
»Ja, das ist mir bekannt. Alle Öfen mit schönen Namen
heizen mäßig, sind aber vorzügliche Erfindungen, manche
sind sogar Ruhmestaten der Industrie, wie ich aus Prospek-
ten weiß. Ich liebe sie sehr, sie verdienen Bewunderung.
Aber sage, Franklin, wie kommt das, daß ein italienischer
Ofen einen amerikanischen Namen hat? Ist das nicht sonderbar?«

»Nein, das ist eines der geheimen Gesetze, weißt du. Die feigen Völker haben Volkslieder, in denen der Mut verherrlicht wird. Die lieblosen Völker haben Theaterstücke, in denen die Liebe verherrlicht wird. So ist es auch mit uns, mit den Öfen. Ein italienischer Ofen heißt meistens amerikanisch, so wie ein deutscher Ofen meistens griechisch heißt. Sie sind deutsch, und sie wären um nichts besser als ich, aber sie heißen Heureka oder Phönix oder Hektors Abschied. Er weckt große Erinnerungen. So heiße auch ich Franklin. Ich bin ein Ofen, aber ich könnte ebensogut ein Staatsmann sein. Ich habe einen großen Mund, wärme wenig, speie Rauch durch ein Rohr, trage einen guten Namen und wecke große Erinnerungen. So ist das mit mir.«

»Gewiß«, sagte ich, »ich habe die größte Achtung vor Ihnen. Da Sie ein italienischer Ofen sind, kann man gewiß auch Kastanien in Ihnen braten?«

»Man kann es, gewiß, es steht jedem frei, es zu versuchen. Es ist ein Zeitvertreib, viele lieben das. Manche machen auch Verse oder spielen Schach. Gewiß kann man Kastanien in mir braten. Sie verbrennen zwar und sind dann nicht mehr eßbar, aber der Zeitvertreib ist da. Die Menschen lieben nichts so sehr wie den Zeitvertreib, und ich bin ein Menschenwerk und soll den Menschen dienen. Wir tun eben unsre Pflicht, unsre einfache Pflicht, wir Denkmäler, nicht mehr und nicht weniger.«

»Denkmäler, sagen Sie? Betrachten Sie sich als ein Denkmal?«

»Wir alle sind Denkmäler. Wir Erzeugnisse der Industrie sind alle Denkmäler einer menschlichen Eigenschaft oder Tugend, einer Eigenschaft, welche in der Natur selten ist und in höherer Ausbildung nur bei den Menschen gefunden wird.«

»Welche Eigenschaft meinen Sie denn da, Herr Franklin?«

»Den Sinn für das Unzweckmäßige. Ich bin, neben vielen meinesgleichen, ein Denkmal dieses Sinnes. Ich heiße Franklin, ich bin ein Ofen, ich habe einen großen Mund, der das Holz frißt, und ein großes Rohr, durch das die Wärme den raschesten Weg ins Freie findet. Ich habe auch, was ebenso wichtig ist, Ornamente, Löwen und andere, und ich habe einige Klappen, die man öffnen und schließen kann, was viel Genuß gewährt. Auch dies dient dem Zeitvertreib, ähnlich wie die Klappen an einer Flöte, die der Spieler nach Belieben öffnen und schließen kann. Es gibt ihm die Illusion, er tue etwas Sinnvolles, und am Ende tut er das ja auch.«

»Sie entzücken mich, Franklin. Sie sind der klügste Ofen, den ich je gesehen habe. Aber wie ist das nun: sind Sie nun eigentlich ein Ofen oder ein Denkmal?«

»Wieviel Sie fragen! Sie wissen doch, der Mensch ist das einzige Wesen, das den Dingen einen Sinn beilegt. So ist der Mensch nun einmal, ich stehe in seinem Dienst, ich

bin sein Werk, ich begnüge mich damit, Tatsachen festzu-
stellen. Der Mensch ist Idealist, er ist Denker. Für das Tier
ist die Eiche eine Eiche, der Berg ein Berg, der Wind ein
Wind und kein himmlisches Kind. Für den Menschen aber
ist alles göttlich, alles sinnvoll, alles Symbol. Alles bedeu-
tet noch etwas ganz anderes, als was es ist. Das Sein und
das Scheinen stehen im Streit. Die Sache ist eine alte Erfindung, sie geht, glaube ich, auf Plato zurück. Ein Tot-
schlag ist eine Heldentat, eine Seuche ist Gottes Finger,
ein Krieg ist Verherrlichung Gottes, ein Magenkrebs ist
Evolution. Wie sollte da ein Ofen nur ein Ofen sein können? Nein, er ist Symbol, er ist Denkmal, er ist Verkünder.
Er scheint wohl ein Ofen zu sein, er ist es sogar in gewis-
sem Sinne, aber geheimnisvoll lächelt Ihnen aus seinem
einfachen Gesicht die uralte Sphinx entgegen. Auch er ist
Träger einer Idee, auch er ist eine Stimme des Göttlichen.
Darum liebt man ihn, darum zollt man ihm Achtung. Darum heizt er wenig und nur nebenbei. Darum heißt er
Franklin.«

(1919)

Wenn der Schnee auf Wald und Garten fällt,
Ist es nur ein leichtes Ruhedach,
Unter dem ermüdet diese Welt
Eine Weile schläft. Bald wird sie wach.

Wenn der Tod mir Blut und Glieder stillt,
Sprecht mit Lächeln euer Trauerwort!
Still in Trümmer sinkt ein flüchtig Bild;
Was ich bin und war, lebt fort und fort.

// Eines Menschen Leben und eines Dichters Werk wächst
aus hundert und tausend Wurzeln und nimmt, solang es
nicht abgeschlossen ist, hundert und tausend neue Beziehungen und Verbindungen auf, und wenn es einmal ge-
schähe, daß ein Menschenleben von seinem Beginn bis
zum Ende aufgeschrieben würde samt allen diesen Verwur-
zelungen und Verflechtungen, so würde das ein Epos er-
geben, so reich wie die ganze Weltgeschichte. Wer alt geworden ist und darauf achtet, der kann beobachten, wie
trotz dem Schwinden der Kräfte und Potenzen ein Leben
noch spät und bis zuletzt mit jedem Jahr das unendliche
Netz seiner Beziehungen und Verflechtungen vergrößert
und vervielfältigt und wie, solange ein Gedächtnis wach

ist, doch von all dem Vergänglichen und Vergangenen
nichts verlorengeht.

(Aus: »Weihnachtsgaben«, 1956)

// Kürzlich schrieb mir ein Freund aus der Stadt und
wollte mich davon überzeugen, daß es unklug von mir sei,
den Winter auf dem Lande zu verbleiben. Der Mangel an
Verkehr und Abwechslung, meinte er, würde mich umbrin-
gen. »Denke dagegen an den Winter in der Stadt«, fuhr er
fort, »da brauchst du, wenn du Langeweile hast, nur zum
Fenster hinauszusehen und hast gleich ein ganzes uner-
schöpfliches Bilderbuch vor dir.« Ach ja, ich erinnere mich
wohl an dies Bilderbuch. Nein danke.

(Aus: »Vor meinem Fenster«, 1904)

// Es ist mitten im Winter, der Schnee wechselt mit Föhn
und das Eis mit Schmutz, die Feldwege sind ungangbar,
man ist von der nächsten Nachbarschaft abgeschnitten.
Der See kocht an kalten Morgen weißen Dampf und setzt
glasig brüchige Eisränder an, jedoch beim nächsten warmen Winde wogt er wieder schwarz und lebendig und
verblaut gegen Osten wie an den schönsten Tagen im Früh-
jahr.
Und ich sitze in der wohlgeheizten Studierstube, lese un-

nötige Bücher, schreibe unnötige Artikel und habe unnötige Gedanken. Irgend jemand muß doch am Ende alle die Sachen lesen, die jahraus, jahrein geschrieben und verlegt werden, und da sonst es niemand tut, tue ich es eben, teils aus Interesse und Kollegialität, teils um mich dann als kritischen Schirm und Prellbock zwischen das Publikum und die Bücherlawine zu stellen. Viele von den Büchern sind auch tatsächlich schön und klug und des Lesens wert. Dennoch scheint mir zuweilen mein Tun überaus überflüssig und mein Wollen auf ganz falsche Ziele gerichtet. Manchmal, wenn es draußen schneit und stiebt, nehme ich träumerisch den Schweizer Baedeker zur Hand und betrachte mir das Kapitel Graubünden, sehe die Karten an, stelle mir aufatmend den Schneeglanz und die Sonnenbläue lachender Wintertage da droben in der Albulagegend vor und lege das Buch erst nach einem wehmütigem Blick auf die Sankt Moritzer Hotelpreise wieder weg. Hingegen, wenn es wärmt und überm See ein feuchter Föhnhimmel zwischen zartgrauen und bräunlichen Westwindwolken hervorgrüßt, dann trete ich häufig für einige Augenblicke ins Schlafzimmer, wo an der Wand die große Karte von Italien hängt, und streife mit begehrlichem Auge über den Po und Apennin hinweg, durch grüne toskanische Täler, an blau und gelben Strandbuchten der Riviera hin, schiele auch etwa nach Sizilien hinab und verirre mich dabei gegen Korfu und Griechenland hin. Lieber

Gott, wie ist das alles nah beieinander! Und wie schnell kann man überall sein. Und pfeifend kehre ich in die Studierstube zurück, lese entbehrliche Bücher, schreibe entbehrliche Artikel und denke entbehrliche Gedanken.

(Aus: »Reiselust«, 1910)

/ DAS MÄDCHEN SITZT DAHEIM UND SINGT /

Du weißer Schnee, du kühler Schnee,
Fällst du im fernen Land
Meinem Schatz in die braunen Haare,
Meinem Schatz auf die liebe Hand?

Du weißer Schnee, du kühler Schnee,
Und hat er auch nicht kalt?
Sag, liegt er im weißen Felde
Oder liegt er im dunklen Wald?

Du weißer Schnee, du falscher Schnee,
Laß meinen Schatz in Ruh!
Was deckst du ihm denn die Haare
Und deckst ihm die Augen zu?

Du falscher Schnee, du weißer Schnee,
Er ist ja gar nicht tot;
Vielleicht sitzt er gefangen
Bei Wasser und bei Brot.

Vielleicht kommt er bald wieder,
Er kann schon draußen stehn,
Und ich muß mir die Tränen wischen,
Sonst kann ich ihn ja nicht sehn.

// Nun war vier Nächte und drei Tage fast ununterbro-
chen Schnee gefallen, ein guter, kleinflockiger, haltbarer
Schnee, und in der letzten Nacht war er glashart gefroren.
Wer nicht täglich vor seiner Tür gefegt und geschaufelt hatte, war jetzt belagert und mußte zur Hacke greifen, um
Hauseingang, Kellertor und Kellerluken freizulegen. So war
es vielen im Dorf ergangen, und sie werkelten murrend
vor ihren Häusern, in Schaftstiefeln und Fausthandschu-
hen und mit Wolltüchern um Hals und Ohren gewickelt.
Die Ruhigen freuten sich, daß der große Schnee vor dem
Frost gekommen war und ihnen die bedrohten Winter-
saatfelder schützte. Aber hier wie anderwärts sind die Ruhigen sehr in der Minderzahl, und die meisten schimpften
weinerlich über den allzu harten Winter, rechneten einan-

der ihren Schaden vor und erzählten Schauergeschichten
von ähnlich strengen Jahrgängen.

Aber im ganzen Dorfe waren kaum zwei oder drei Leute, zu denen dieser wunderbare Tag nicht von Sorgen und Ärger, sondern viel mehr von Freuden, Glanz und Gottes Herrlichkeit sprach. Wer irgend konnte, der blieb in Haus und Stall, und wer etwa hinausmußte, der wickelte Frostlappen um Kopf und Seele und ließ seine Sehnsucht keine anderen Wege gehen als zurück zur verlassenen Ofenbank, wo zwischen den grünen Kacheln die gegossene eiserne Wärmeplatte glühte. Und doch war es ein Tag, den die Stadtleute keinem Maler glauben würden, viel jubelnder, blauer und blendender als der lachendste Hochsommertag.

Der Himmel stand rein und blau bis in unendliche Fernen offen, die Wälder schliefen unter dickem Schnee, die Berge blendeten wie Blitze oder leuchteten rötlich oder hatten lange, märchenblaue Schatten an, und zwischen allem lag glasgrün der noch nicht gefrorene See spiegelhell in der Nähe, und in der Ferne dunkelblau und schwarz, von glänzenden schneeweißen Landzungen rings umfaßt, auf welchen nichts Dunkles war als die dünnen und frierenden Reihen kahler, nackter Pappelstämme. Und durch die Luft und durch den unendlichen Himmel schwärmte prahlend und schwelgerisch das ungeheure Licht, von je-

dem Hügel und jeder Matte und jedem Stein im Schneeglanz zurückgeworfen und verdoppelt. Es flimmerte in un-
gebrochenen Wogen über weiße Flächen hin, glühte am
Wald und an fernen Bergen in goldenen Rändern auf, zuck-
te in haarfeinen Blitzen diamanten- und regenbogenfarbig
durch die Lüfte, ruhte satt und süß auf gelbem Schilf und
in den grünen, jenseitigen Seebuchten aus und machte
sogar alle Schatten mild, bläulich weich und wesenlos, als
müßte heute an diesem Tage des Glanzes jeder letzte wi-
derstrebende Flecken mit Helligkeit durchdrungen und
gesättigt werden.

An solchen Tagen ist es unmöglich, an ein Nachtwerden zu
glauben, und wenn am Ende doch die Dämmerung sinkt,
ist es wunderbar zu sehen, wie all der gleißend kühne Glast
sich langsam hingibt, müde wird und eine Hülle sucht,
obwohl nach diesen Tagen auch die Nächte selbst, wenn
kein Mond scheint, niemals völlig dunkel werden. Und
auch darum sind solche Schneetage so lang, weil der reine Winterhimmel und die Unbändigkeit des Lichtes uns
klein und froh zu Kindern macht, so daß wir noch einmal
die Erde im Glanz der Schöpfung sehen und noch einmal ohne Bewußtsein der Zeit wie Kinder hinleben, von
jeder Stunde überrascht und keines Aufhörens gewärtig.

(Aus: »Winterglanz«, 1905)

/ / Bei uns liegt seit bald drei Wochen Schnee, er lag mehr als ein Meter hoch und ist noch immer da, wenn auch dünner, und Tag für Tag scheint die Sonne drauf. Unser Klima bewährt sich in diesen Wintermonaten. Es unterscheidet sich vom Norden nicht durch ein großes Plus an Wärme, aber durch ein großes Plus an Licht.

(Aus einem Brief an Anni Rebenwurzel, 4. Februar 1933)

/ DIE BLUMEN SIND SO STUMM /

Die Blumen sind so stumm und trübe,
Seit alle meine Knabenliebe
Und Glück und Jugend liegt im Grab.
Der Himmel weint, in weiter Ferne
Schimmern einsam blasse Sterne,
Und sinken bald ins Grau hinab.

Sogar die Lieder sind gestorben,
Die goldnen Saiten sind verdorben
Vom ersten bösen Winterfrost;
Die Bäume schütteln leis die Wipfel
Über die dunkeln Bergesgipfel
Fegt rauh der eisige Nordost.

Gesang und Lachen ist verklungen,
Das Haus, wo sie mir sonst gesungen,
Liegt lustlos da in tiefer Ruh,
Die schwarzen Bäume traurig wogen,
Die Nachtigall ist weggeflogen,
Nun brich, mein armes Herz, auch du!

// Eines Morgens erwachte Goldmund bald nach Tages-
anbruch in seinem Bett und blieb eine Weile nachsin-
nend liegen, Bilder aus einem Traum waren noch um ihn,
doch ohne Zusammenhang. Er hatte von seiner Mutter
geträumt und von Narziß, beide Gestalten konnte er noch
deutlich sehen. Als er sich aus den Traumfäden befreit
hatte, fiel ein besonderes Licht ihm auf, eine eigentüm-
liche Art von Helligkeit, die heute durchs kleine Fenster-
loch hereinkam. Er sprang auf und lief zum Fenster, da
sah er das Fenstergesims, das Dach des Pferdestalls, die
Hofeinfahrt und die ganze Landschaft jenseits bläulich-
weiß schimmern, vom ersten Schnee dieses Winters bedeckt. Der Gegensatz zwischen der Unruhe seines Her-
zens und der stillen, ergebenen Winterwelt machte ihn
betroffen: wie ruhig, wie rührend und fromm gaben sich
Acker und Wald, Hügel und Heide der Sonne, dem Wind,
dem Regen, der Dürre, dem Schnee hin, wie schön und
sanft leidend trugen Ahorn und Esche ihre Winterlast!

Konnte man nicht werden wie sie, konnte man nichts
von ihnen lernen?

(Aus: »Narziß und Goldmund«, 1927 / 29)

/ KLINGSOR AN EDITH /

Heut spiel ich dir ein Lied
Auf gedämpfter Saite am Winterabend,
Ein Lied aus der grünen Zeit,
Da uns die Waldnacht zärtlich
Mit Liebeslaubgeflüster in sich sog.
Leise schleicht in der Dämmerung
Die vergessenen Pfade mein Lied,
Ach, die nie vergessenen,
Wo ich Klingsors heimliche Krone trug
Und im glühenden Julimond
Fromm den Göttern des Weins und der Liebe
                        geopfert.
Seid ihr alle denn tot, geliebte
Bilder jener verzauberten Zeit?

Ja, ihr starbt, ihr welktet! Ich aber
Lebe, und wenn mir der nächste Sturm
Eure Asche vom Haupt und den Schleier vom
                        Herzen reißt,

Funkelt die Krone, glühn alle Sterne neu,
Und die schwellenden Wälder rufen
Meinen Namen und meine Liebe dir zu.

// An einem Wintertage, da kein Unterricht war, zogen wir miteinander vor die Stadt hinaus, acht oder zehn junge Leute, darunter Liddy mit drei Freundinnen. Wir hatten Rodelschlitten mit, deren Benützung damals noch für ein Kindervergnügen galt, und suchten in der bergigen Umgebung der Stadt die Straßen und Wiesenhänge nach guten Schlittenbahnen ab. Ich erinnere mich des Tages genau, es war mäßig kalt, zuweilen kam die Sonne für Viertelstunden hervor, die kräftige Luft roch herrlich nach Schnee. Die Mädchen standen mit ihren farbigen Kleidern und Tüchern prächtig im weißen Grunde, die herbe Luft war berauschend und die heftige Bewegung in dieser Frische eine Lust. Unsre kleine Gesellschaft war in fröhlichster Laune, Ulknamen und Hänseleien flogen hin und wider, wurden durch Schneeballen beantwortet und führten zu kleinen Kriegen, bis wir alle heiß und voll Schnee dastanden und eine Weile veratmen mußten, ehe wir von neuem begannen. Es wurde eine große Schneeburg gebaut, belagert und erstürmt, dazwischen fuhren wir da und dort einmal einen kleinen Wiesenhang auf unseren Schlitten hinunter.
Um Mittag, als wir alle von dem Gestürme grimmig hung-

rig geworden waren, suchten und fanden wir ein Dorf
und ein gutes Wirtshaus, ließen sieden und braten, bemäch-
tigten uns des Klaviers, sangen, schrien, bestellten Wein
und Grog. Das Essen kam und wurde festlich begangen,
der gute Wein floß reichlich, danach begehrten die Mädchen Kaffee, während wir die Liköre versuchten. Es war
ein Geschrei und Festlärm in der kleinen Stube, daß uns
allen die Köpfe rauchten. Ich war immer in Liddys Nähe,
die mich heute in gnädiger Laune durch besondere Gunst
auszeichnete. Sie blühte in dieser Luft voll Lustbarkeit
und Rausch gar prächtig auf, ließ ihre hübschen Augen
blitzen und duldete manche halb kühn, halb ängstlich ge-
wagte Zärtlichkeit. Ein Pfänderspiel wurde begonnen, wo-
bei die Pfänder am Klavier durch Nachahmung irgendei-
nes unserer Lehrer eingelöst werden mußten, manche aber
auch durch Küsse, deren Zahl und Beschaffenheit genau
beobachtet wurde.

Als wir glühend und lärmend das Haus verließen und den
Heimweg antraten, war es noch früh am Nachmittag, doch
begann es schon ein wenig zu dämmern. Wieder tollten
wir wie ausgelassene Kinder durch den Schnee, ohne Eile
durch den leis herankommenden Abend nach der Stadt
zurückkehrend. Es gelang mir, an Liddys Seite zu bleiben,
zu deren Ritter ich mich nun aufwarf, nicht ohne Widerspruch der andern. Ich zog sie streckenweise auf meinem
Schlitten und schützte sie nach Kräften vor den immer

wieder versuchten Angriffen mit Schneebällen. Schließlich ließ man uns gewähren, jedes der Mädchen fand seinen Genossen, und nur zwei ledig gebliebene Herren zogen neckend und kriegslustig nebenher. Ich war nie so erregt und toll verliebt gewesen wie in jenen Stunden; Liddy hatte meinen Arm genommen und duldete es, daß ich sie im Gehen leise an mich zog. Dabei plauderte sie bald geschwätzig in den Abend hinein, bald schwieg sie glücklich und, wie mir schien, verheißungsvoll an meiner Seite. Ich brannte und war entschlossen, diese Gelegenheit nach Kräften zu benützen, zumindest aber diesen traulich zärtlichen Zustand solange als möglich festzuhalten. Es hatte auch niemand etwas dagegen, als ich kurz vor der Stadt noch einen Umweg vorschlug und in einen schönen Höhenweg einbog, der steil über dem Tale im Halbkreis hinlief, reich an weiten Aussichten auf das Flußtal und die Stadt, die schon mit blitzenden Laternenreihen und tausend roten Lichtern aus der Tiefe glänzte.

Liddy hing noch immer an meinem Arm und ließ mich reden, nahm meine glühenden Überschwenglichkeiten lachend hin und schien doch selber tief erregt zu sein. Als ich sie aber mit leiser Gewalt an mich zog und küssen wollte, machte sie sich los und sprang beiseite. »Schauen Sie«, rief sie aufatmend, »die Wiese da hinunter müssen wir schlitteln! Oder haben Sie Angst, Sie Held?«

Ich schaute hinunter und war erstaunt, denn der Abhang war so jäh, daß mir wirklich einen Augenblick vor dieser

frechen Fahrt graute. »Das geht nicht«, sagte ich leichthin, »es ist schon viel zu dunkel.«

Sofort fiel sie mit Spott und Entrüstung über mich her, nannte mich einen Hasenfuß und verschwor sich, den Hang allein hinabzufahren, wenn ich zu feig sei mitzukommen.

»Umwerfen werden wir natürlich«, meinte sie lachend, »aber das ist ja doch das Lustigste bei der ganzen Fahrerei.«

Da sie mich so reizte, kam mir ein Einfall.

»Liddy«, sagte ich leise, »wir fahren. Wenn wir umwerfen, dürfen Sie mich mit Schnee einreiben, aber wenn wir glatt hinunterkommen, will ich auch meinen Lohn haben.«

Sie lachte nur und setzte sich auf den Schlitten. Ich sah ihr in die Augen, die glühten warm und lustig, da nahm ich ganz vorn Platz, hieß sie sich an mich klammern und fuhr ab. Ich spürte, wie sie mich umfaßte, ihre Hände auf meiner Brust kreuzend, und ich wollte ihr noch etwas zurufen, konnte aber nicht mehr. Die Steile war so jäh, daß ich das Gefühl hatte, in die leere Luft zu stürzen. Sofort suchte ich mit beiden Sohlen den Boden, um anzuhalten oder doch umzuwerfen, denn plötzlich war mir eine Todesangst um Liddy ins Herz gefahren. Es war jedoch zu spät. Der Schlitten sauste unaufhaltsam bergab, ich fühlte nur einen kalten, beißenden Schwall aufgewühlten Schneestaubes im Gesicht, dann hörte ich Liddy angstvoll schreien, dann nichts mehr. Ein ungeheurer Hieb wie von einem Schmiedehammer traf meinen Kopf, irgendwo tat es mir schneidend weh. Das letzte Gefühl, das ich hatte, war das der Kälte.

Mit dieser kurzen flotten Schlittenfahrt habe ich meine
Jugendlust und Torheit gebüßt. Nachher war mit vielem
anderen auch meine Liebe zu Liddy ganz verflogen.

Dem Tumult und ängstlichen Getriebe, das auf den Unfall
folgte, war ich enthoben. Für die andern war es eine pein-
liche Stunde. Sie hörten Liddy schreien, lachten und neck-
ten von oben herab in die Dunkelheit hinein, erkannten
endlich, daß etwas Böses geschehen sei, stiegen mühsam
herab und brauchten eine Weile, bis sie aus dem Rausch
und Übermut heraus zur Überlegung kamen. Liddy war
bleich und halb ohnmächtig, jedoch durchaus unverletzt,
nur ihre Handschuhe waren zerrissen und ihre feinen weißen Hände etwas zerschunden und blutig. Mich trugen sie
für tot hinweg. Den Apfel- oder Birnbaum, an dem der
Schlitten und meine Knochen zerschellt waren, habe ich
später vergeblich wiederzufinden gesucht.

Man dachte, ich sei einer Gehirnerschütterung erlegen,
doch stand es nicht so schlimm. Kopf und Gehirn waren
zwar mitgenommen, und es dauerte sehr lange, bis ich im
Spital wieder zur Besinnung kam, aber die Wunde heilte,
und das Gehirn ruhte sich aus. Dagegen wollte das mehr-
fach gebrochene linke Bein nicht wieder ganz in Ordnung
kommen. Ich bin seither ein Krüppel, der nur hinken,
nicht mehr schreiten oder gar laufen und tanzen kann. Damit war meiner Jugend unversehens ein Weg in stillere
Lande gewiesen, den ich nicht ohne Scham und Widerstre-
ben einschlug. Aber ich schlug ihn doch ein, und manch-

mal scheint es mir, als möchte ich jene abendliche Schlittenfahrt und ihre Folgen keineswegs in meinem Leben missen.

(Aus: »Gertrud«, 1910)

/ WINTERNACHT /

Feuerzungen flackern im Kamin,
Vor den Fenstern Grau und Flockenfall,
Durch die müde Abendtrauer hin
Zuckt verflogener Sommer Widerhall.

Meiner Kindertage denk ich nun,
Lang vergessener Märchenton erwacht:
Glocken läuten und auf Silberschuhn
Geht das Christkind durch die weiße Nacht.

/ DER HEILAND /

Immer wieder wird er Mensch geboren,
Spricht zu frommen, spricht zu tauben Ohren,
Kommt uns nah und geht uns neu verloren.

Immer wieder muß er einsam ragen,
Aller Brüder Not und Sehnsucht tragen,
Immer wird er neu ans Kreuz geschlagen.

Immer wieder will sich Gott verkünden,
Will das Himmlische ins Tal der Sünden,
Will ins Fleisch der Geist, der ewige, münden.

Immer wieder, auch in diesen Tagen,
Ist der Heiland unterwegs, zu segnen,
Unsern Ängsten, Tränen, Fragen, Klagen
Mit dem stillen Blicke zu begegnen,
Den wir doch nicht zu erwidern wagen,
Weil nur Kinderaugen ihn ertragen.

// SCHAUFENSTER VOR WEIHNACHTEN

Weihnachten ist eine Angelegenheit, von der ich eigentlich
nicht gerne spreche. Einerseits weckt das schöne Wort so
tiefe, heilige Erinnerungen aus dem Sagenbrunnen der Kindheit, flimmert so magisch im Schein jener blonden Lebens-
morgenfrühe und ist so durchstrahlt von unzerstörbar hei-
ligen Symbolen: Krippe, Stern, Heilandkind, Anbetung der
Hirten und Könige und Weise aus dem Morgenland! Und
anderseits ist Weihnachten ein Inbegriff, ein Giftmagazin

aller bürgerlichen Sentimentalitäten und Verlogenheiten,
Anlaß wilder Orgien für Industrie und Handel, großer
Glanzartikel der Warenhäuser, riecht nach lackiertem Blech,
nach Tannennadeln und Grammophon, nach übermüdeten, heimlich fluchenden Austrägern und Postboten, nach
verlegener Feierlichkeit in Bürgerzimmern unterm aufgeputzten Baum, nach Zeitungsextrabeilagen und Annoncenbetrieb, kurz, nach tausend Dingen, die mir alle bitter
verhaßt und zuwider sind, und die mir alle viel gleichgültiger und lächerlicher vorkämen, wenn sie nicht den Namen des Heilands und die Erinnerungen unserer zartesten
Jahre so furchtbar mißbrauchten.

Nun, sprechen wir also nicht von Weihnachten – es kämen dabei ja doch lauter Verlegenheiten heraus, zum Beispiel, daß ich noch immer keine Ahnung habe, was ich
meiner Freundin schenken soll, und ob zwanzig Mark für
die Köchin richtig ist –, ach und wenn ich doch den
Freund S. daran hindern könnte, mir wieder ein so kostbares und dabei so jämmerlich unnützes Geschenk zu machen wie im letzten Jahr! Oder, falls es sich nicht ganz vermeiden läßt, an die Weihnacht zu denken, so laßt mich
an jene wirkliche und echte Weihnachtsvorfreude denken,
die ich auch heute noch, als enttäuschter und einsamer
Mensch, zu empfinden vermag: an die Freude beim Herstellen jener Weihnachtsgeschenke, die ich auch heute noch,
wie einst in den Knabenzeiten, für einige meiner Freunde

mit eigener Hand herzustellen gewohnt bin: kleine Hefte
mit neuen, handgeschriebenen Gedichten, Blätter mit Land-
schaftsaquarellen und dergleichen Dinge.

Nun, trotz allen widerstreitenden und beklemmten Gefüh-
len muß ich sagen: an manchen Abenden im Dezember,
wenn es nach trübem, verschleiertem Nachmittag in den
Geschäftsstraßen aufzuflammen beginnt, wenn alle die farbigen und grellen Schimmer aus den Schaufenstern auf
den feuchten oder beschneiten Asphalt herausfallen und
die Straße etwas festlich Belebtes bekommt, dann macht
dieser verlogene, heftige Weihnachtsbetrieb mit seiner lichten Außenseite mir doch einigen Spaß, und ich kann dann
eine Stunde lang gerade in jenem Stadtteil bummeln, den
ich sonst vermeide, und kann eine Stunde lang verloren
und gefesselt an den strahlenden Läden hinstreichen, ins
Schauen verloren. Es träumt mir dann, ich sei ein Kalifensohn aus Bagdad und sei nach langer, abenteuerlicher Reise, aus Todesgefahr und bitterer Gefangenschaft entronnen,
in eine leuchtende Stadt des fernen Ostens gelangt, und
mische mich entzückt und neugierig in das Gewühl um
die Basare der Händler.

Nachdenken verträgt sich schlecht mit dieser Stimmung,
und das Schöne an dieser abendlichen Bummelstunde ist
gerade das Erlöstsein vom Denkenmüssen. Aber wenn ich
dabei doch je und je ein wenig gedacht und mich selber
beobachtet habe, so machte ich dabei jedesmal mit einem

gewissen (manchmal lachenden, manchmal eher peinlichen) Erstaunen die Entdeckung, daß ich, der rüstige Fünfziger mit dem leicht ergrauenden Scheitel und dem milden Brillengesicht, im Grunde meiner Seele ungewöhnlich infantil geblieben oder wieder geworden sein muß. Ich bemerke dies, wenn ich mir Mühe gebe darauf zu achten, wie eigentlich diese vollen, strahlenden Schaufenster auf mich wirken und welcherlei Gegenstände es sind, die mir auffallen und die mich zu Wünschen reizen. Ich mache alsdann die Wahrnehmung, daß die Sachen, die mir gefallen und die mich lüstern zu machen vermögen, beinahe alle noch dieselben sind wie in meiner Knaben- und frühen Jugendzeit.

In der Tat, inmitten dieses schreienden und etwas negerhaften Überangebotes von Waren sind es nur wenige, die ich für meine eigene Person zu begehren vermag, und alle die Errungenschaften der neueren Technik lassen mich schrecklich kalt. Ich sehe mit Erstaunen, daß auch vor solchen Schaufenstern neugierige und begehrende Menschen stehen, in die ich nicht ohne tiefe Langeweile zu blicken vermag und vor denen meinen Schritt zu verlangsamen mir niemals einfallen würde. Das sind zum Beispiel Läden mit Kodaks, mit Grammophonen, mit Sportgeräten, mit Radioapparaten – wenn ich einen Freibrief hätte, der mir erlaubte, aus allen diesen Läden alles zu wählen, was nur irgend zu besitzen mich gelüstete, ich würde den Freibrief weg-

werfen und weitergehen. Raffinierte Chronometer, witzi-
ge Rasierapparate, blitzende Mikroskope, niedliche Zim-
merkinematographen – nichts von allem wäre mir auch
nur das Einwickelpapier wert.

Anders steht es mit den Auslagen der Buchhändler. Obwohl auf diesem Gebiet reichlich verwöhnt und überfüt-
tert, bleibe ich vor einem guten Buchladen doch fast immer ein wenig stehen, und nicht nur der geistige Markt
interessiert mich, die Namen der Kollegen, die Anpreisun-
gen der Verleger, sondern mindestens ebensosehr interessiert und lockt mich das Materielle dieser Bücher: ein
roter Lederrücken, eine schöne englische Leinwand, ein
schön getöntes Pergament, ein derbes knotiges Segeltuch
als Mappenumschlag. Nun, und es sind ja auch immer
wieder manche freundliche Erscheinungen in der Bücher-
welt zu entdecken, wenn auch das Niveau im ganzen recht
bescheiden ist. […]

Erinnern mich diese Buchläden an viele Begeisterungen
und Begierden der Jünglingszeit, so führen andere Bilder
mich noch weiter in meine Vergangenheit, ja eigentlich
hätte ich sie zuerst nennen sollen. Das mit den Büchern
war zwar keineswegs gelogen, aber ein klein wenig Schön-
färberei war doch wohl dabei. Denn siehe, es sind andere
Schaufenster und Kaufläden, vor denen ich die stärksten
Eindrücke, die wärmsten Erlebnisse, die kräftigsten Wün-
sche habe. Mit kindlicher Bewunderung und primitiver

Lust betrachte ich die verlockenden Eßwaren, und zwar am meisten die kindlichsten, die Süßigkeiten. Dem reisenden Kalifensohn kommen heftige Kindheitsbegierden zurück, wenn er diese riesigen Kristallschalen voll großer Pralinen betrachtet, diese Berge von farbig verpackten Schokoladetafeln, die üppigen Platten voll Mèringues und Schokoladeschäumchen. Und in einem anderen Fenster, das unendlich viel poetischer aussieht als jene Ausstellungen von Kodaks und Lautsprechern, entzücken mich, obwohl ich seit undenklichen Zeiten keine Wurst mehr gegessen habe, die feisten glänzenden Wurstkränze, die still und trocken herabhängenden Salami, die in Stanniol gerollten, schräg angeschnittenen Leberwürste, von denen ich mir niemals eine kaufen werde, von denen ich die meisten gar nicht essen und verdauen könnte, denn Wurst ist eine Speise für Optimisten, deren Anblick mich aber dennoch bezaubert und mir eine Vorstellung von Reichtum und Wohlleben gibt. Oh, und ein kleiner zarter Rollschinken, ein Kleinod von einem hübschen Schinkchen, führt mich tatsächlich in Versuchung – weiß Gott, ob ich ihn mir nicht kaufen werde. Indessen stellt der nächste Laden mir noch Köstlicheres vor die Sinne: in zauberhaften Farben wie große fremde Edelsteine leuchtend sind da kandierte Früchte zu sehen, Birnen, Pfirsiche, Pistazien, Oliven, Ananas. Nichts davon werde ich mir kaufen, nichts davon könnte ich verdauen. Kandierte Früchte sind zwar keine Spezial-

speise für Optimisten, o nein, aber doch mehr für Frauen
und Jugendliche, jedenfalls aber nicht für schonungsbe-
dürftige, magenzarte und etwas leidende Halbgreise. Tau-
melt weiter, entzückte Augen!

Es kommt ein Geschäft mit Thermosflaschen, Wärmkissen,
Bauchbettflaschen und dergleichen Dingen, ein Geschäft,
welchem ich Aufmerksamkeit zu schenken Grund hätte,
aber ich gehe kalt vorüber. Eine richtige Apotheke hingegen fesselt mich jetzt; das ist ein Jahrmarkt, den ich gern
sehe, und wenn auch mein Verstand die hier veranschau-
lichte Verbindung von Wissenschaft und Industrie im Zeichen des Mammons eher ironisch betrachtet, so lese ich
doch auf diesen farbigen Flaschen, auf diesen hübschen
seidigen Packungen und Schachteln mit Interesse und Ver-
gnügen die vielversprechenden Namen, deren Mehrzahl
in einem arg verdorbenen Griechisch erfunden sind. »Keine Gicht mehr!« verspricht eine ovale Glasdose, aber weder auf diese Dose noch auf das Plakat »Sind Sie nervös?«
lasse ich mich ein, ich hasse solche zutäppischen Fragen.
Dagegen sehe ich hier und dort in Glasröhren, in Fläsch-
chen, in Paketen gute Freunde liegen, Mittel, die ich ken-
ne und schätze, und von denen es gut ist, eine kleine Auswahl im Reisekoffer zu haben. Namen nenne ich nicht – noch
nie hat eine chemische Fabrik mir Rezensionsexemplare
geschickt.

Herrlich leuchten die festlichen Läden. Zwei Arten von

Läden gibt es, vor denen ich manchmal stehenbleibe, jedoch nicht um die Auslagen, sondern um die von ihnen angezogenen Menschen zu betrachten. Es sind die Läden, in denen man Kinderspielzeug kauft, und jene, in denen elegante Frauen für Kleidung, Schmuck, Haar und Haut, Nägel und Zehen das Nötige angeboten bekommen. Da sieht man schöne Augen, oft im prächtigen nackten Brand des primitivsten Begehrens glühend, und man stellt mit Freude fest, daß es Welten und Industriezweige gibt, deren Notwendigkeit man zwar nicht auf unmittelbarem, aber doch auf diesem indirekten Wege zu erkennen vermag. Höchst unmittelbare Wege aber schlägt mein Begehren ein, wenn ich vor einem diskreten Fenster halte, wo ausgesuchte Marken alten Kognaks und edler Weine stehen und ebenso vor jenen blanken, schönen Fenstern, wo auf Glasscheiben die Tabake und Zigarren locken, die schweren dicken, in Stanniol gewickelten Importen, die schwarzen guten Brasilzigarren, die hübschen lichten Holländer, die köstlichen Manilas.

Und noch eine Art von Geschäften gibt es, die seit den frühesten Zeiten ihren Zauber für mich nicht verloren haben. Es sind die Läden mit Papier, mit Bleistiften, Federn, Farben, Aquarellkästen, Linealen, Zirkeln, Zeichenkohle. Da bleibe ich lange stehen, verliebt in eine Kollektion herrlicher Pariser oder Londoner Wasserfarben, in ein Bündel edler Kohinoorstifte, in eine Schachtel mit sibirischem Gra-

phit, in Rollen und Lagen edler Papiere. So ein Hundert
Bogen von einem zart-festen, soliden Büttenpapier, das wä-
re ein Geschenk, mit dem man mich ködern könnte!
Aber am Ende bekommt man kalte Füße, und zum Kau-
fen ist ja auch ein andermal noch Zeit. Ach, wenn mir nur
Freund S. zu Weihnachten nicht einen Kodak oder einen
Korb Orchideen schenkt!

(1927)

/ WEIHNACHTSABEND /

Am dunklen Fenster stand ich lang
Und schaute auf die weiße Stadt
Und horchte auf den Glockenklang,
Bis nun auch er versungen hat.

Nun blickt die stille reine Nacht
Traumhaft im kühlen Winterschein,
Vom bleichen Silbermond bewacht,
In meine Einsamkeit herein.

Weihnacht! – Ein tiefes Heimweh schreit
Aus meiner Brust und denkt mit Gram
An jene ferne, stille Zeit,
Da auch für mich die Weihnacht kam.

Seither voll dunkler Leidenschaft
Lief ich auf Erden kreuz und quer
In ruheloser Wanderschaft
Nach Weisheit, Gold und Glück umher.

Nun rast ich müde und besiegt
An meines letzten Weges Saum,
Und in der blauen Ferne liegt
Heimat und Jugend wie ein Traum.

// An den Eichen, Erlen, Buchen und Weiden hing Reif
und gefrorener Schnee in zarten, phantastischen Gebilden.
Auf den Weihern knisterte im Frost das klare Eis. Der
Kreuzganghof sah wie ein stiller Marmorgarten aus. Eine
frohe, festliche Erregung ging durch die Stuben, und die
weihnachtliche Vorfreude gab sogar den beiden tadellosen,
gemessenen Professoren einen kleinen Glanz von Milde
und heiterer Aufregung ab. Unter Lehrern und Schülern
war keiner, den Weihnachten gleichgültig ließ, auch Heil-
ner begann weniger verbissen und elend auszusehen, und
Lucius überlegte, welche Bücher und welches Paar Schuhe
er in die Ferien mitnehmen solle. In den von Hause kommenden Briefen standen schöne, ahnungsvolle Dinge: Fragen nach Lieblingswünschen, Berichte von Backtagen, An-
deutung bevorstehender Überraschungen und Freude aufs
Wiedersehen. Vor der Ferienreise erlebte die Promotion

und insbesondere die Stube Hellas noch eine kleine hei-
tere Geschichte. Es war beschlossen worden, die Lehrer-
schaft zu einer abendlichen Weihnachtsfeier einzuladen,
welche in Hellas, als der größten Stube, stattfinden sollte.
Eine Festrede, zwei Deklamationen, ein Flötensolo und
ein Geigenduo waren vorbereitet. Nun sollte aber durchaus
auch noch eine humoristische Nummer aufs Programm.
Man beriet und verhandelte, machte und verwarf Vorschlä-
ge, ohne einig zu werden. Da sagte Karl Hamel so nebenher, das Heiterste wäre eigentlich ein Violinsolo von Emil
Lucius. Das zog. Durch Bitten, Versprechungen und Dro-
hungen brachte man den unglücklichen Musikanten dazu,
daß er sich hergab. Und nun stand auf dem Programm,
das mit einer höflichen Einladung den Lehrern zugeschickt
wurde, als besondere Nummer: »Stille Nacht, Lied für Violine, vorgetragen von Emil Lucius, Kammervirtuos«. Letz-
teren Titel verdankte er seinem fleißigen Üben in jener
abgelegenen Musikstube.

Ephorus, Professoren, Repetenten, Musiklehrer und Ober-
famulus waren eingeladen und erschienen zur Feier. Dem
Musiklehrer trat der Schweiß auf die Stirne, als Lucius in
einem von Hartner geborgten schwarzen Rock mit Schö-
ßen auftrat, frisiert und gebügelt, mit seinem sanft beschei-
denen Lächeln. Schon seine Verbeugung wirkte wie eine
Aufforderung zur Heiterkeit. Aus dem Lied »Stille Nacht«
wurde unter seinen Fingern eine ergreifende Klage, ein stöh-
nendes, schmerzvolles Lied des Leides; er begann zweimal,

zerriß und zerhackte die Melodie, trat den Takt mit dem Fuß und arbeitete wie ein Waldarbeiter bei Frostwetter. Fröhlich nickte der Herr Ephorus dem Musiklehrer zu, der vor Entrüstung blaß geworden war.

Als Lucius das Lied zum drittenmal begonnen hatte und auch diesmal steckenblieb, ließ er die Geige sinken, wandte sich gegen die Zuhörer und entschuldigte sich: »Es geht nicht. Aber ich tu auch erst seit letzten Herbst geigen.«

»Es ist gut, Lucius«, rief der Ephorus, »wir danken Ihnen für Ihre Anstrengungen. Lernen Sie nur so weiter. Per aspera ad astra!«

(Aus: »Unterm Rad«, 1905 / 06)

/ HEILANDS GEBURTSTAG /

Diesmal bist du nicht das blonde Kind
In der Krippe mit den süßen Mienen,
Dem die weißen Engel lächelnd dienen,
Dem wir nur im Heimweh nahe sind.

Diesmal bist du uns der Mann und Held,
Dem der Sieg aus stillen Augen strahlte,
Der sein Werk im Kampf mit einer Welt
Ruhig mit dem eignen Blut bezahlte.

Wieder kommt das Christkind, das vierte seit dem Beginn des Krieges. Und wenn auch manche Zeichen für das Herandämmern des Kriegsendes sprechen, so ist doch auch heute nicht abzusehen, wie lange es noch dauern werde.

Alle die, welche in irgendeiner Form Opfer des Krieges geworden sind, zumal die vielen Gefangenen in Feindesland, mögen diese Weihnacht als ein Fest der Wehmut begehen, als ein Fest der Erinnerung an verlorene liebe Dinge, an Heimat und Kindheit, Frieden und Friedensglück. Und bei ihnen allen wird als tiefster Klang der Wunsch nach dem »Frieden auf Erden« laut werden, den das Weihnachtsevangelium preist.

Indessen wollen wir nicht vergessen, daß Weihnachten nicht bloß das Fest der Kinder und daß die Stimme der Engel, welche Jesu Geburt verkünden, nicht bloß eine hübsche Musik für Kinder und nicht bloß ein wehmütiger Trost für Bedrückte ist.

Nicht Kindermärchen, so schön sie seien, und nicht Christbaumglanz und Kindergesang allein sollen es sein, die Weihnachten uns bringt. Der Christgedanke, der in so vielerlei Bekenntnissen so verschiedenen Ausdruck gefunden hat, hat auch für jeden einzelnen von uns immer wieder den Wert eines neuen hohen Antriebes, einer wesentlichen Mahnung. Mag jeder sich sein eigenes Bild von der Welterlö-

sung machen, wichtig und bedeutsam für jeden ist vor
allem der Gedanke der Erlösung durch Liebe. Diese Erlösung zu suchen, werden wir nicht nur vom Chor der
Weihnachtsengel gemahnt. Es rufen und mahnen uns dazu alle Stimmen der großen Denker, Dichter und Künstler, und der tiefe Wert all dieser Stimmen liegt einzig dar-
in, daß sie eine Wirklichkeit, einen Weg, eine Möglichkeit
verkünden, die in jedes Menschen Brust lebendig vorhanden ist.

Weihnachten soll uns darum, wie jedes Fest, nicht bloß
eine Rückschau, sondern ein inneres Aufraffen und Zusam-
menfassen allen guten Willens in uns sein. Denn denen,
»die eines guten Willens sind«, gilt die Verheißung.

Eines guten Willens sind wir nicht, wenn wir nur um
Verlorenes trauern, uns nur des Unwiederbringlichen erinnern. Wir sind es nur, wenn wir des Besten, Lebendig-
sten in uns selber bewußt werden und der Stimme dieses
Bewußtseins folgen. Wer daran ernstlich denkt, wer in
sich das Gelöbnis erneut, seinem Besten treu zu bleiben,
der ist in der rechten Stimmung, das Fest zu feiern. Und
ihm werden Festglocken und Kerzenlichter, Gesang und
Geschenke erst den rechten Wert und Glanz gewinnen.

(1917)

Als ich ein Knabe war, in Weihnachtszeiten,
Wie war ich selig da und unersättlich,
Im Duft der Kerzen mit dem neuen Spielzeug
Zu spielen unterm Tannenbaum: dem Roß,
Dem Bilderbuch, der Eisenbahn, der Violine!
Und wenn auch jedes Spielzeug bald erlosch
Und Alltag wurde, jeder Weihnachtsbaum
War wieder neu, war Fest und Wunder,
Umfing mich wieder mit dem Zaubernetz.

Heut weiß ich keine neuen Spiele mehr,
Erschöpft ist Glanz und Lust, der lange Weg
Liegt hinter mir, zerbrochenen Spielzeugs voll,
Die Scherben klirren. Doch die Sehnsucht malt
Mir einen letzten, höchsten Zauber noch
In holden Farben aus: das letzte Fest,
Den Ausgang aus der Spiel- und Kinderwelt,
Den Eingang in die nächste, tief ersehnt.

Dein denk ich, wenn die leergewordne Welt
Um mich mit ihren farbigen Scherben flirrt,
Dein denk ich, letztes Spiel, geliebter Tod!
Aufglänzen wird noch einmal Kinderlust,
Noch einmal wird der dürre Christbaum blühn

Und Wunder strahlen, daß im dunkeln Schacht
Das Herz von neuer Wonne bang erquillt.
Und zwischen Kerzenglanz und Tannenduft
Und all dem Wust zerbrochner Spielerei'n
Wird aus dem wonnevollen Dunkel
Die ferne Stimme meiner Mutter rufen.

/ IN WEIHNACHTSZEITEN /

In Weihnachtszeiten reis' ich gern
Und bin dem Kinderjubel fern
Und geh in Wald und Schnee allein.
Und manchmal, doch nicht jedes Jahr,
Trifft meine gute Stunde ein,
Daß ich von allem, was da war,
Auf einem Augenblick gesunde
Und irgendwo im Wald für eine Stunde
Der Kindheit Duft erfühle tief im Sinn
Und wieder Knabe bin …

Etwas beklommen sah ich in den Tagen nach dem Weihnachtsfest auf meiner Kommode die paar Päckchen herumliegen, die mir Sorge machten. Es waren Sachen, die ich geschenkt bekommen hatte, die ich aber nicht brauchen konnte, und die nun umgetauscht werden sollten. Das wird ja immer so gemacht, und in guten Geschäften haben die Verkäuferinnen sich vom Weihnachtsgeschäft her für diese Umtauschtage soviel strahlende Freundlichkeit aufbewahrt, daß es zum Erstaunen ist. Aber ich mache trotzdem solche Gänge gar nicht gerne. Schon Einkaufen fällt mir schwer, und ich schiebe es oft lange hinaus – und nun gar Umtauschen, in die Läden gehen, die Leute in Anspruch nehmen, sich aufs neue für schon erledigte Dinge interessieren! Nein, es ist mir sehr zuwider, und wenn es nur auf mich ankäme, so legte ich die unbrauchbaren Geschenke lieber in eine Schublade und ließe sie für immer da liegen.

Zum Glück war meine Freundin da, die versteht sich auf alle diese Sachen ausgezeichnet, und ich bat sie, sich meiner anzunehmen und mit mir in drei Geschäfte zu gehen. Sie tat es gern, nicht bloß mir zuliebe, sondern auch so, es machte ihr Spaß, es war ein Sport für sie, eine Kunst, deren Ausübung ihr Freude machte. Also gingen wir miteinander in das Geschäft mit den Handschuhen, sagten

Grüßgott, wickelten meine Weihnachtshandschuhe aus,
und ich drehte nervös meinen Hut in der Hand und suchte nach den Redensarten, mit welchen man solche Trans-
aktionen einzuleiten gewohnt ist, aber es glückte mir nicht
gut und gerne ließ ich meiner Helferin das Wort. Und siehe, der Zauber ging leicht vonstatten, man lächelte, man
nahm, Gott sei Dank, die Handschuhe zurück, und plötzlich stand ich vor einer Auswahl farbiger Hemden und
durfte mir eines davon auswählen. Das paßte mir, ich
spielte also den Sachverständigen, entsann mich nach eini-
ger Versenkung meiner Kragennummer, und bald verließen
wir mit einem neuen Paketchen den Laden, wo man zur
Nachfeier der Geburt des Heilandes heute den ganzen Tag
Spazierstöcke, Handschuhe und Mützen umtauschte.
Auch mit der neuen Füllfeder ging es recht gut, ich mußte mich in dem überfüllten Geschäft, vor einem ange-
nehmen Fräulein, niedersetzen, bekam ein Schreibpapier
und eine Menge von Federn zur Auswahl vorgelegt, und
saß da und schrieb und malte Blumen, Sterne und Initia-
len auf den Bogen, bis er voll war. Dann nahm ich eine
von den probierten Federn mit, und wenn nun auch wei-
terhin das Schreiben mir mühselig werden sollte, so wird
die Feder nicht daran schuld sein, es ist eine Goldfeder aus
Amerika, man kann sie mit einem goldenen Hebel füllen,
und dann entströmen ihr die goldenen Worte, daß es eine
Freude ist. Ich brauche sie aber mehr zum Zeichnen. Dank-

bar steckte ich den kleinen Tintenfisch mit der Goldschnauze in die Tasche und ging weiter, ging den schweren Gang zum Optiker, dem ich gestehen mußte, daß meine neue Lesebrille mir gar keine guten Dienste leiste, und daß er sie zurücknehmen und eine andere machen müsse. Beschützt von der Freundin, gestärkt durch die Erfolge mit dem Hemd und der Feder, trat ich auch in dieser gläsernen Provinz zielbewußt auf, wurde angehört, und wahrhaftig nahm der gütige Mann die Brille zurück. Nie hätte ich das gedacht. Ich hätte es an seiner Stelle nicht getan.

Der Siegeszug durch die drei gefürchteten Geschäfte, der Gang durch den frischen Winterwind mit der Freundin, die Verwandlung von drei Verlegenheitspaketen in drei erfreuliche waren Grund genug, mich froh und dankbar zu stimmen. Beim Umtausch der Handschuhe hatte ich sogar noch einen kleinen Taschenspiegel dreinbekommen, den ich meiner Begleiterin schenken konnte.

Bei der Heimkehr war ich sehr vergnügt und mochte weder an die Arbeit gehen, noch mich mit allen den noch ungelesenen Briefen befassen, die sich in den letzten Tagen angesammelt hatten. Ich erinnerte mich der Kinderzeit, und wie es da an den Tagen nach Weihnachten so schön gewesen war, bei jedem morgendlichen Erwachen und bei jeder Heimkehr sich der neuen Geschenke wieder zu bemächtigen und sich ihres Besitzes zu freuen. Einmal hatte ich eine Violine geschenkt bekommen und stand sogar in

der Nacht auf, um sie anzufühlen und leise an den Saiten zu zupfen. Einmal hatte man mir den »Don Quichote« geschenkt, und jeder Spazier- oder Kirchgang, ja jede Mahlzeit war mir eine widerwärtige Unterbrechung der beglückenden Lektüre.

Diesesmal hatte ich so begeisternde Dinge nicht erhalten. Es gibt für alte Leute diesen Glanz und Zauber nicht mehr, den einst die Geige, das Buch, das Spielzeug, die Schlittschuhe hatten. Es standen drei Schachteln mit guten Zigarren da, das war tröstlich, und etwas Wein und Kognak, damit würde ich mir die Abende vertreiben. Der neue Federhalter war sehr schön, aber doch nicht recht geeignet, ihn ans Herz zu drücken und sich der Wonne seines Besitzes hinzugeben.

Ein Stück aber gab es, ein Geschenk, das war wirklich festlich, wirklich außerordentlich und zauberhaft, das konnte man in stillen Augenblicken hervorholen und mit Entzücken betrachten, in das konnte man sich vergucken und verlieben. Das holte ich hervor und setzte mich damit ans Fenster. Es war, unter Glas und hübsch montiert, ein herrlicher exotischer Schmetterling, er trug den schönen Namen Urania und kam aus Madagaskar hergeflogen. Der schön gebaute Falter mit schlanken kräftigen Seglerflügeln und reichem Zackenwerk am unteren Flügel saß leicht schwebend auf einem Zweige; der oben grün und schwarz gestreifte Leib war unten rostrot behaart, goldgrün glänzte das Köpfchen. Grün und schwarz gemustert waren die Oberflügel, und zwar war es auf der Schauseite ein prächtiges, warm und golden strahlendes Grün, auf der Rückseite aber ein ganz kühles, zartes, silbern beflogenes Veronesergrün, in dem die kristallenen Flügelrippen edel schimmerten. Die unteren Flügel aber, die phantastisch gezackten, zeigten außer dem grün und schwarzen Muster ein großes, strahlendes Feld von tiefem Gold, das im Licht bis ins Kupferrote, ja bis ins Scharlachene spielte, launig gezeichnet von tiefschwarzen Flecken, und zuunterst war der Flügel, wie das Kleid einer Dame, am Saum mit einem feinen, kurzen, aus Blond und Schwarz gemischten Pelzchen besetzt. Außerdem aber hatte dieser Unterflügel noch ein besonderes Spiel und Merkmal: es war durch ihn eine kurze träumerische Zickzacklinie gezogen, aus reinem Weiß, die löste den ganzen Flügel gewissermaßen auf, machte ihn zu einem losen Spiel aus Luft und Goldstaub und schien jene phantastischen Zakken wie Strahlen kraftvoll von sich zu stoßen. Etwas Prächtigeres, Geheimnisvolleres, und Liebenswürdigeres als diesen Falter aus Madagaskar, als diesen luftigen afrikanischen Traum aus Grün, Schwarz und Gold hätte man auf den Weihnachtstischen der ganzen Stadt nicht finden können. Zu ihm zurückzukehren war eine Freude; sich in seinen Anblick zu versenken ein Fest.

Eine lange Weile saß ich über den Fremdling aus Madagaskar gebückt und ließ mich von ihm bezaubern. An Vieles erinnerte er mich, an Vieles mahnte er mich, von Vielem erzählte er mir. Er war ein Gleichnis der Schönheit, ein Gleichnis des Glückes, ein Gleichnis der Kunst. Seine Form war ein Sieg über den Tod, sein Farbenspiel ein Lächeln der Überlegenheit über die Vergänglichkeit. Er war ein einziges vielstrahliges Lächeln, dieser präparierte tote Falter unterm Glas, ein Lächeln von vielen Arten, bald schien es mir kindhaft, bald uralt und weise, bald kriegerisch schmetternd, bald schmerzlich-spöttisch – so lächelt die Schönheit immer, so lächeln alle Gestaltungen, in denen das Leben scheinbar zu einer Dauer geronnen, die Schönheit des ewig Fließenden Form geworden ist, sei es nun eine Blume oder ein Tier, ein ägyptischer Kopf oder die Totenmaske eines Genies. Es war überlegen und ewig, dieses Lächeln, und war, wenn man sich daran verlor, plötzlich auch spukhaft wild und irr, es war schön und grausam, sanft und gefährlich, voll höchster Vernunft und voll wildester Tollheit. Überall, wo das Leben für einen Augenblick vollkommen gestaltet erscheint, hat es diese gegensätzlichen Aspekte. Es gibt keine edle Musik, die nicht zu manchen Stunden wie Kinderlächeln und zu andern Stunden wie tiefste Todestrauer auf uns wirkte. So ist die Schönheit immer und überall: holde Spiegeloberfläche, unter welcher verborgen das Chaos lauert. So ist das Glück immer und überall: entzückter Augenblick, im Aufstrahlen

schon wieder erbleichend, hingeweht vom Hauch des Ster-
benmüssens. So ist die hohe Kunst, die hohe Weisheit
der Auserwählten immer und überall: wissendes Lächeln
über Abgründen, Jasagen zum Leid, Spiel der Harmonie
über dem ewigen Todeskampf der Gegensätze.

Süß blickte aus dem Goldglanz der verfließende Purpur,
straff spannte sich über die Flügelrippen die feste schwarz-
grüne Zeichnung, spielend zielten die schlanken Farben-
zacken ihre Lichtpfeile hinaus. Holder Gast du, entzücken-
der Fremdling! Bist du eigens aus Madagaskar hergeflogen,
um mir einen Winterabend mit Farbenträumen zu füllen? Bist du eigens aus dem großen Farbkasten der ewigen Mutter entlaufen, um mir das alte Weisheitslied von
der Einheit der Gegensätze zu singen, um mich wieder zu
lehren, was ich schon so oft gewußt und so oft wieder vergessen habe? Hat dich eigens eine geduldige Menschen-
hand so sauber präpariert und auf deinem Zweige festge-
leimt, um einen kranken Mann eine einsame Stunde lang
mit deinen blitzenden Spielereien zu entzücken, mit deinen stillen Träumen zu trösten? Hat man dich getötet und
unter ein Glas gepreßt, damit dein verewigtes Leiden und
Sterben uns tröstlich sei, so wie uns das verewigte Leiden
und Sterben der großen Dulder, der echten Künstler merk-
würdigerweise lieb und tröstlich ist, statt uns mit seiner
Verzweiflung die Seele auszuhöhlen?

Über die schimmernden Goldflügel spielt blasser das abend-

liche Licht, langsam erlischt das rötliche Gold und bald
ist der ganze Zauber, von der Finsternis geschluckt, nicht
mehr zu sehen. Aber er spielt dennoch das Spiel der Ewig-
keit fort, das tapfere Künstlerspiel um die Dauer des Schönen – in meiner Seele spielt das Lied fort, in meinen Gedanken zucken die Farbenstrahlen lebendig weiter. Nicht
vergeblich ist der arme schöne Falter in Madagaskar gestorben, nicht vergeblich hat eine ängstliche Hand seine Flügel und Fühlhörner und Sammetpelzchen so sauber präpariert und unvergänglich gemacht. Lange noch wird der
kleine einbalsamierte Pharao mir aus seinem Sonnenreich
erzählen, und wenn er längst zerfallen ist und auch ich
längst zerfallen bin, dann wird irgendwo in einer Seele
noch etwas von seinem seligen Spiele und weisen Lächeln
blühen und wird sich weiter vererben, so wie das Gold des
Tutenchamun noch heute glänzt, und das Blut des Heilands noch heute fließt.

(1927)

/ WINTERTAG /

O wie schön das Licht
Heut im Schnee verblüht,
O wie zart die rosige Ferne glüht! –
Aber Sommer, Sommer ist es nicht.

Du, zu der mein Lied allstündlich spricht,
Ferne Brautgestalt,
O wie zart mir deine Freundschaft strahlt! –
Aber Liebe, Liebe ist es nicht.

Lang muß Mondenschein der Freundschaft blühn,
Lange muß ich stehn im Schnee,
Bis einst du und Himmel, Berg und See
Tief im Sommerbrand der Liebe glühn.

// DER KAVALIER AUF DEM EISE

Damals sah mir die Welt noch anders aus. Ich war zwölf-
einhalb Jahre alt und noch mitten in der vielfarbigen, rei-
chen Welt der Knabenfreuden und Knabenschwärmerei-
en befangen. Nun dämmerte schüchtern und lüstern zum
ersten Male das weiche Ferneblau der gemilderten, inni-
geren Jugendlichkeit in meine erstaunte Seele.
Es war ein langer, strenger Winter, und unser schöner
Schwarzwaldfluß lag wochenlang hart gefroren. Ich kann
das merkwürdige, gruselig-entzückte Gefühl nicht vergessen, mit dem ich am ersten bitterkalten Morgen den Fluß
betrat, denn er war tief und das Eis war so klar, daß man
wie durch eine dünne Glasscheibe unter sich das grüne
Wasser, den Sandboden mit Steinen, die phantastisch ver-

schlungenen Wasserpflanzen und zuweilen den dunklen Rücken eines Fisches sah.

Halbe Tage trieb ich mich mit meinen Kameraden auf dem Eise herum, mit heißen Wangen und blauen Händen, das Herz von der starken rhythmischen Bewegung des Schlittschuhlaufs energisch geschwellt, voll von der wunderbaren gedankenlosen Genußkraft der Knabenzeit. Wir übten Wettlauf, Weitsprung, Hochsprung, Fliehen und Haschen, und diejenigen von uns, die noch die altmodischen beinernen Schlittschuhe mit Bindfaden an den Stiefeln befestigt trugen, waren nicht die schlechtesten Läufer. Aber einer, ein Fabrikantensohn, besaß ein Paar »Halifax«, die waren ohne Schnur oder Riemen befestigt und man konnte sie in zwei Augenblicken anziehen und ablegen. Das Wort Halifax stand von da an jahrelang auf meinem Weihnachtswunschzettel, jedoch erfolglos; und als ich zwölf Jahre später einmal ein Paar recht feine und gute Schlittschuhe kaufen wollte und im Laden Halifax verlangte, da ging mir zu meinem Schmerz ein Ideal und ein Stück Kinderglauben verloren, als man mir lächelnd versicherte, Halifax sei ein veraltetes System und längst nicht mehr das beste.

Am liebsten lief ich allein, oft bis zum Einbruch der Nacht. Ich sauste dahin, lernte im raschesten Schnellauf an jedem beliebigen Punkte halten oder wenden, schwebte mit Fliegergenuß balancierend in schönen Bogen. Viele von mei-

nen Kameraden benutzten die Zeit auf dem Eise, um den
Mädchen nachzulaufen und zu hofieren. Für mich waren
die Mädchen nicht vorhanden. Während andere ihnen Rit-
terdienste leisteten, sie sehnsüchtig und schüchtern um-
kreisten oder sie kühn und flott in Paaren führten, genoß
ich allein die freie Lust des Gleitens. Für die »Mädelesfüh-
rer« hatte ich nur Mitleid oder Spott. Denn aus den Kon-
fessionen mancher Freunde glaubte ich zu wissen, wie zwei-
felhaft ihre galanten Genüsse im Grunde waren.

Da, schon gegen Ende des Winters, kam mir eines Tages
die Schülerneuigkeit zu Ohren, der Nordkaffer habe neulich abermals die Emma Meier beim Schlittschuhauszie-
hen geküßt. Die Nachricht trieb mir plötzlich das Blut
zu Kopfe. Geküßt! Das war freilich schon was anderes als
die faden Gespräche und scheuen Händedrücke, die sonst
als höchste Wonnen des Mädleführens gepriesen wurden.
Geküßt! Das war ein Ton aus einer fremden, verschlosse-
nen, scheu geahnten Welt, das hatte den leckeren Duft
der verbotenen Früchte, das hatte etwas Heimliches, Poe-
tisches, Unnennbares, das gehörte in jenes dunkelsüße,
schaurig lockende Gebiet, das von uns allen verschwiegen,
aber ahnungsvoll gekannt und streifweise durch sagen-
hafte Liebesabenteuer ehemaliger, von der Schule verwie-
sener Mädchenhelden beleuchtet war. Der »Nordkaffer«
war ein vierzehnjähriger, Gott weiß wie zu uns verschla-
gener Hamburger Schuljunge, den ich sehr verehrte und

dessen fern der Schule blühender Ruhm mich oft nicht schlafen ließ. Und Emma Meier war unbestritten das hübscheste Schulmädchen von Gerbersau, blond, flink, stolz und so alt wie ich.

Von jenem Tage an wälzte ich Pläne und Sorgen in meinem Sinn. Ein Mädchen zu küssen, das übertraf doch alle meine bisherigen Ideale, sowohl an sich selbst, als weil es ohne Zweifel vom Schulgesetz verboten und verpönt war. Es wurde mir schnell klar, daß der solenne Minnedienst der Eisbahn hierzu die einzige gute Gelegenheit sei. Zunächst suchte ich denn mein Äußeres nach Vermögen hoffähiger zu machen. Ich wandte Zeit und Sorgfalt an meine Frisur, wachte peinlich über die Sauberkeit meiner Kleider, trug die Pelzmütze manierlich halb in der Stirn und erbettelte von meinen Schwestern ein rosenrot seidenes Foulard. Zugleich begann ich auf dem Eise die etwa in Frage kommenden Mädchen höflich zu grüßen und glaubte zu sehen, daß diese ungewohnte Huldigung zwar mit Erstaunen, aber nicht ohne Wohlgefallen bemerkt wurde.

Viel schwerer wurde mir die erste Anknüpfung, denn in meinem Leben hatte ich noch kein Mädchen »engagiert«. Ich suchte meine Freunde bei dieser ernsten Zeremonie zu belauschen. Manche machten nur einen Bückling und streckten die Hand aus, andere stotterten etwas Unverständliches hervor, weitaus die meisten aber bedienten

sich der eleganten Phrase: »Hab' ich die Ehre?« Diese For-
mel imponierte mir sehr, und ich übte sie ein, indem ich
zu Hause in meiner Kammer mich vor dem Ofen ver-
neigte und die feierlichen Worte dazu sprach.

Der Tag des schweren ersten Schrittes war gekommen.
Schon gestern hatte ich Werbegedanken gehabt, war aber
mutlos heimgekehrt, ohne etwas gewagt zu haben. Heute
hatte ich mir vorgenommen, unweigerlich zu tun, was
ich so sehr fürchtete wie ersehnte. Mit Herzklopfen und
todbeklommen wie ein Verbrecher ging ich zur Eisbahn,
und ich glaube, meine Hände zitterten beim Anlegen der
Schlittschuhe. Und dann stürzte ich mich in die Menge,
in weitem Bogen ausholend, und bemüht, meinem Gesicht einen Rest der gewohnten Sicherheit und Selbstver-
ständlichkeit zu bewahren. Zweimal durchlief ich die ganze lange Bahn im eiligsten Tempo, die scharfe Luft und
die heftige Bewegung taten mir wohl.

Plötzlich, gerade unter der Brücke, rannte ich mit voller
Wucht gegen jemanden an und taumelte bestürzt zur Sei-
te. Auf dem Eise aber saß die schöne Emma, offenbar
Schmerzen verbeißend, und sah mich vorwurfsvoll an.
Vor meinen Blicken ging die Welt im Kreise.

»Helft mir doch auf!« sagte sie zu ihren Freundinnen. Da
nahm ich, blutrot im ganzen Gesicht, meine Mütze ab,
kniete neben ihr nieder und half ihr aufstehen.

Wir standen nun einander erschrocken und fassungslos

gegenüber, und keines sagte ein Wort. Der Pelz, das Gesicht und Haar des schönen Mädchens betäubten mich durch ihre fremde Nähe. Ich besann mich ohne Erfolg auf eine Entschuldigung und hielt noch immer meine Mütze in der Faust. Und plötzlich, während mir die Augen wie verschleiert waren, machte ich mechanisch einen tiefen Bückling und stammelte: »Hab' ich die Ehre?«

Sie antwortete nichts, ergriff aber meine Hände mit ihren feinen Fingern, deren Wärme ich durch den Handschuh hindurch fühlte, und fuhr mit mir dahin. Mir war zumute wie in einem sonderbaren Traum. Ein Gefühl von Glück, Scham, Wärme, Lust und Verlegenheit raubte mir fast den Atem. Wohl eine Viertelstunde liefen wir zusammen. Dann machte sie an einem Halteplatz leise die kleinen Hände frei, sagte »Danke schön« und fuhr allein davon, während ich verspätet die Pelzkappe zog und noch lange an derselben Stelle stehen blieb. Erst später fiel mir ein, daß sie während der ganzen Zeit kein einziges Wort gesprochen hatte.

Das Eis schmolz, und ich konnte meinen Versuch nicht wiederholen. Es war mein erstes Liebesabenteuer. Aber es vergingen noch Jahre, ehe mein Traum sich erfüllte und mein Mund auf einem roten Mädchenmunde lag.

(1901)

Nun sind wir still
Und singen keine Lieder mehr,
Der Schritt wird schwer;
Das ist die Nacht, die kommen will.
Gib mir die Hand,
Vielleicht ist unser Weg noch weit.
Es schneit, es schneit!
Hart ist der Winter im fremden Land.

Wo ist die Zeit,
Da uns ein Licht, ein Herd gebrannt?
Gib mir die Hand!
Vielleicht ist unser Weg noch weit.

/ WINTER 1914 /

Leid und Finsternis wohin ich seh,
Über tausend Gräber fällt der Schnee,
Deckt das blutig starrende Gefild
Still mit seinem hoffnungslosen Schild.

Doch wir werden einen Frühling schauen,
Werden eine reine Zukunft bauen,
Daß die Lieben, die der Schnee begraben,
Nicht umsonst für uns geblutet haben.

// DER WOLF

Noch nie war in den französischen Bergen ein so unheimlich kalter und langer Winter gewesen. Seit Wochen stand die Luft klar, spröde und kalt. Bei Tage lagen die großen, schiefen Schneefelder mattweiß und endlos unter dem grellblauen Himmel, nachts ging klar und klein der Mond über sie hinweg, ein grimmiger Frostmond von gelbem Glanz, dessen starkes Licht auf dem Schnee blau und dumpf wurde und wie der leibhaftige Frost aussah. Die Menschen mieden alle Wege und namentlich die Höhen, sie saßen träge und schimpfend in den Dorfhütten, deren rote Fenster nachts neben dem blauen Mondlicht rauchig trüb erschienen und bald erloschen.

Das war eine schwere Zeit für die Tiere der Gegend. Die kleineren erfroren in Menge, auch Vögel erlagen dem Frost, und die hageren Leichname fielen den Habichten und Wölfen zur Beute. Aber auch diese litten furchtbar an Frost und Hunger. Es lebten nur wenige Wolfsfamilien dort, und die Not trieb sie zu festerem Verband. Tagsüber gingen sie

einzeln aus. Da und dort strich einer über den Schnee, ma-
ger, hungrig und wachsam, lautlos und scheu wie ein Ge-
spenst. Sein schmaler Schatten glitt neben ihm über die
Schneefläche. Spürend reckte er die spitze Schnauze in den
Wind und ließ zuweilen ein trockenes, gequältes Geheul
vernehmen. Abends aber zogen sie vollzählig aus und dräng-
ten sich mit heiserem Heulen um die Dörfer. Dort war
Vieh und Geflügel wohlverwahrt, und hinter festen Fen-
sterladen lagen Flinten angelegt. Nur selten fiel eine kleine
Beute, etwa ein Hund, ihnen zu, und zwei aus der Schar
waren schon erschossen worden.

Der Frost hielt immer noch an. Oft lagen die Wölfe still und
brütend beisammen, einer am andern sich wärmend, und
lauschten beklommen in die tote Öde hinaus, bis einer, von
den grausamen Qualen des Hungers gefoltert, plötzlich mit
schauerlichem Gebrüll aufsprang. Dann wandten alle anderen ihm die Schnauze zu, zitterten und brachen miteinander
in ein furchtbares, drohendes und klagendes Heulen aus.

Endlich entschloß sich der kleinere Teil der Schar, zu wan-
dern. Früh am Tage verließen sie ihre Löcher, sammelten
sich und schnoberten erregt und angstvoll in die frostkal-
te Luft. Dann trabten sie rasch und gleichmäßig davon.
Die Zurückgebliebenen sahen ihnen mit weiten, glasigen
Augen nach, trabten ein paar Dutzend Schritte hinterher,
blieben unschlüssig und ratlos stehen und kehrten langsam in ihre leeren Höhlen zurück.

Die Auswanderer trennten sich am Mittag voneinander. Drei von ihnen wandten sich östlich dem Schweizer Jura zu, die anderen zogen südlich weiter. Die drei waren schöne, starke Tiere, aber entsetzlich abgemagert. Der eingezogene helle Bauch war schmal wie ein Riemen, auf der Brust standen die Rippen jämmerlich heraus, die Mäuler waren trocken und die Augen weit und verzweifelt. Zu dreien kamen sie weit in den Jura hinein, erbeuteten am zweiten Tag einen Hammel, am dritten einen Hund und ein Füllen und wurden von allen Seiten her wütend vom Landvolk verfolgt. In der Gegend, welche reich an Dörfern und Städten ist, verbreitete sich Schrecken und Scheu vor den ungewohnten Eindringlingen. Die Postschlitten wurden bewaffnet, ohne Gewehr ging niemand von einem Dorf zum anderen. In der fremden Gegend, nach so guter Beute, fühlten sich die drei Tiere zugleich scheu und wohl; sie wurden tollkühner als je zu Hause und brachen am hellen Tage in den Stall eines Meierhofes. Gebrüll von Kühen, Geknatter splitternder Holzschranken, Hufegetrampel und heißer, lechzender Atem erfüllten den engen, warmen Raum. Aber diesmal kamen Menschen dazwischen. Es war ein Preis auf die Wölfe gesetzt, das verdoppelte den Mut der Bauern. Und sie erlegten zwei von ihnen, dem einen ging ein Flintenschuß durch den Hals, der andere wurde mit einem Beil erschlagen. Der dritte entkam und rannte so lange, bis er halbtot auf den Schnee fiel. Er war der jüngste und schön-

ste von den Wölfen, ein stolzes Tier von mächtiger Kraft und gelenken Formen. Lange blieb er keuchend liegen. Blutig rote Kreise wirbelten vor seinen Augen, und zuweilen stieß er ein pfeifendes, schmerzliches Stöhnen aus. Ein Beilwurf hatte ihm den Rücken getroffen. Doch erholte er sich und konnte sich wieder erheben. Erst jetzt sah er, wie weit er gelaufen war. Nirgends waren Menschen oder Häuser zu sehen. Dicht vor ihm lag ein verschneiter, mächtiger Berg. Es war der Chasseral. Er beschloß, ihn zu umgehen. Da ihn Durst quälte, fraß er kleine Bissen von der gefrorenen, harten Kruste der Schneefläche. Jenseits des Berges traf er sogleich auf ein Dorf. Es ging gegen Abend. Er wartete in einem dichten Tannenforst. Dann schlich er vorsichtig um die Gartenzäune, dem Geruch warmer Ställe folgend. Niemand war auf der Straße. Scheu und lüstern blinzelte er zwischen den Häusern hindurch. Da fiel ein Schuß. Er warf den Kopf in die Höhe und griff zum Laufen aus, als schon ein zweiter Schuß knallte. Er war getroffen. Sein weißlicher Unterleib war an der Seite mit Blut befleckt, das in dicken Tropfen zäh herabrieselte. Dennoch gelang es ihm, mit großen Sätzen zu entkommen und den jenseitigen Bergwald zu erreichen. Dort wartete er horchend einen Augenblick und hörte von zwei Seiten Stimmen und Schritte. Angstvoll blickte er am Berg empor. Er war steil, bewaldet und mühselig zu ersteigen. Doch blieb ihm keine Wahl. Mit keuchendem Atem klomm er die steile Bergwand hinan, während

unten ein Gewirr von Flüchen, Befehlen und Laternenlich-
tern sich den Berg entlangzog. Zitternd kletterte der verwun-
dete Wolf durch den halbdunkeln Tannenwald, während
aus seiner Seite langsam das braune Blut hinabrann.
Die Kälte hatte nachgelassen. Der westliche Himmel war
dunstig und schien Schneefall zu versprechen.
Endlich hatte der Erschöpfte die Höhe erreicht. Er stand
nun auf einem leicht geneigten, großen Schneefeld, nahe
bei Mont Crosin, hoch über dem Dorf, dem er entronnen.
Hunger fühlte er nicht, aber einen trüben, klammernden
Schmerz von der Wunde. Ein leises, krankes Gebell kam
aus seinem hängenden Maul, sein Herz schlug schwer
und schmerzhaft und fühlte die Hand des Todes wie eine
unsäglich schwere Last auf sich drücken. Eine einzeln ste-
hende breitästige Tanne lockte ihn; dort setzte er sich und
starrte trübe in die graue Schneenacht. Eine halbe Stunde verging. Nun fiel ein mattrotes Licht auf den Schnee,
sonderbar und weich. Der Wolf erhob sich stöhnend und
wandte den schönen Kopf dem Licht entgegen. Es war
der Mond, der im Südost riesig und blutrot sich erhob
und langsam am trüben Himmel höher stieg. Seit vielen
Wochen war er nie so rot und groß gewesen. Traurig hing
das Auge des sterbenden Tieres an der matten Mondschei-
be, und wieder röchelte ein schwaches Heulen schmerz-
lich und tonlos in die Nacht.
Da kamen Lichter und Schritte nach. Bauern in dicken

Mänteln, Jäger und junge Burschen in Pelzmützen und mit plumpen Gamaschen stapften durch den Schnee. Gejauchze erscholl. Man hatte den verendenden Wolf entdeckt, zwei Schüsse wurden auf ihn abgedrückt und beide fehlten. Dann sahen sie, daß er schon im Sterben lag, und fielen mit Stöcken und Knüppeln über ihn her. Er fühlte es nicht mehr.

Mit zerbrochenen Gliedern schleppten sie ihn nach St. Immer hinab. Sie lachten, sie prahlten, sie freuten sich auf Schnaps und Kaffee, sie sangen, sie fluchten. Keiner sah die Schönheit des verschneiten Forstes, noch den Glanz der Hochebene, noch den roten Mond, der über dem Chasseral hing und dessen schwaches Licht in ihren Flintenläufen, in den Schneekristallen und in den gebrochenen Augen des erschlagenen Wolfes sich brach.

(1903)

/ STEPPENWOLF /

Ich Steppenwolf trabe und trabe,
Die Welt liegt voll Schnee,
Vom Birkenbaum flügelt der Rabe,
Aber nirgends ein Hase, nirgends ein Reh!
In die Rehe bin ich so verliebt,
Wenn ich doch eins fände!

Ich nähm's in die Zähne, in die Hände,
Das ist das Schönste, was es gibt.
Ich wäre der Holden so von Herzen gut,
Fräße mich tief in ihre zärtlichen Keulen,
Tränke mich voll an ihrem hellroten Blut,
Um nachher die ganze Nacht einsam zu heulen.
Sogar mit einem Hasen wär ich zufrieden,
Süß schmeckt sein warmes Fleisch in der Nacht –
Ist denn alles und alles von mir geschieden,
Was das Leben ein wenig heiterer macht?
An meinem Schwanz ist das Haar schon grau,
Auch kann ich gar nimmer deutlich sehen,
Schon vor Jahren starb meine geliebte Frau.
Und nun trab ich und träume von Rehen,
Trabe und träume von Hasen,
Höre den Wind in der Winternacht blasen,
Tränke mit Schnee meine brennende Kehle,
Trage dem Teufel zu meine arme Seele.

Liebe Freunde in Berlin!

Ja, im Sommer war es hier anders. Da saßen die Lands-
leute, welche die eleganten Hotels von Lugano füllen, beklommen in den kleinen Schattenkreisen der Platanen
am See und dachten bekümmert an Ostende, während un-
sereiner mit einem Stück Brot im Rucksack den herrlichen
Sommer genoß. Und wie liefen damals die glühenden Tage weg, wie waren sie flüchtig und vergänglich!

Immerhin, auch jetzt noch gibt es Sonne hier, und auch
jetzt noch sind wir bei ihr zu Gast. Ich schreibe diese Zei-
len an einem der letzten Dezembertage, vormittags elf Uhr,
im dürren Laub an einer windgeschützten Waldecke, an
die Sonne gestreckt. Das dauert so bis drei Uhr, auch vier
Uhr, aber dann wird es kalt, die Berge hüllen sich in Lila,
der Himmel wird so dünn und hell wie nur im Winter
hier, und man friert elend, man muß Holz in den Kamin
stecken und ist für den Rest des Tages an den Quadratme-
ter vor der Kaminöffnung gebannt. Man geht früh zu Bett
und steht spät auf. Aber diese Mittagsstunden an sonni-
gen Tagen, die hat man doch, die gehören uns, da heizt
die Sonne für uns, da liegen wir im Gras und Laub und
hören dem winterlichen Rascheln zu, sehen an den nahen
Bergen weiße Schneerinnen niederlaufen, und manchmal
findet sich im Heidekraut und welken Kastanienlaub auch

noch ein wenig Leben, eine kleine verschlafene Schlange,
ein Igel. Auch liegen da und dort noch letzte Kastanien
unter den Bäumen, die steckt man zu sich und legt sie
am Abend ins Kaminfeuer.

Jenen Schiebern, die im Sommer so bekümmert an Ostende dachten, scheint es recht gut zu gehen. Das Blatt hat
sich gewendet, jetzt sind sie obenauf. Ich hatte neulich
Gelegenheit, mir das ein wenig anzusehen. Ich war in eines der großen Hotels zum Mittagstisch geladen.

Also ich kam in das große Hotel. Es war herrlich. Ich zog
meinen besten Anzug an, meine Wirtin hatte mir schon
tags zuvor das kleine Loch im Knie mit etwas blauer Wolle zugestochen. Ich sah gut aus und wurde tatsächlich
vom Portier ohne Schwierigkeiten eingelassen. Durch glä-
serne lautlose Flügeltüren floß man sanft in eine riesige
Halle wie in ein luxuriöses Aquarium, da standen tiefe,
ernste Sessel aus Leder und aus Samt, und der ganze riesige Raum war geheizt, wohlig warm geheizt, man trat in
eine Atmosphäre wie einst im Galle Face auf Ceylon. In
den Sesseln da und dort saßen gutgekleidete Schieber mit
ihren Gattinnen. Was taten sie? Sie hielten die europäi-
sche Kultur aufrecht. In der Tat, hier war sie noch vorhanden, diese zerstörte, vielbeweinte Kultur mit Klubsesseln,
Importzigarren, unterwürfigen Kellnern, überheizten Räu-
men, Palmen, gebügelten Hosenfalten, Nackenscheiteln,
sogar Monokeln. Alles war noch da, und vom Wiederse-

hen ergriffen, wischte ich mir die Augen. Freundlich lächelnd betrachteten mich die Schieber, sie haben das schon
gelernt, unsereinem gerecht zu werden. In der Miene, mit
der sie mich betrachteten, war Lächeln und leiser Spott
sehr diskret mit Artigkeit, Schonung, sogar Anerkennung
gemischt. Ich besann mich, wo ich diesen seltsamen Blick
schon einmal gesehen habe? Richtig, ich fand es wieder.
Diesen Blick, mit dem der Kriegsgewinner das Kriegsop-
fer betrachtet, hatte ich während des Krieges in Deutsch-
land oft gesehen. Es war der Blick, mit dem damals die
Kommerzienrätin auf der Straße den verwundeten Solda-
ten betrachtete. Halb sagte er »Armer Teufel!«, halb sagte
er »Held!«. Halb war er überlegen, halb war er scheu.
Mit der Heiterkeit und dem guten Gewissen des Besieg-
ten betrachtete ich mir die Reihen der Schieber. Sie sahen
prächtig aus, besonders die Damen. Man dachte an prä-
historische Zeiten, an Zeiten vor 1914, wo wir alle diesen
elegant-saturierten Zustand für den selbstverständlichen
und einzig wünschenswerten hielten.
Mein Gastgeber war noch nicht erschienen. So näherte ich
mich einem der Schieber, um ein wenig zu plaudern.
»Grüß Gott, Schieber«, sagte ich. »Wie geht's?«
»Oh, recht gut, nur ein wenig langweilig zuzeiten. Manchmal könnte ich Sie beneiden mit Ihrem blauen Flicken auf
dem Knie. Sie sehen aus wie ein Mann, der nichts von Langeweile weiß.«

»Ganz richtig. Ich habe unheimlich viel zu tun, da vergeht
die Zeit schnell. Jeder hat eben seine Rolle.«

»Wie meinen Sie das?«

»Nun, ich bin Arbeiter, und Sie sind Schieber. Ich produziere, und Sie telephonieren. Letzteres bringt mehr Geld ein. Dafür ist das Produzieren weit lustiger. Gedichte zu machen oder Bilder zu malen ist ein Genuß; wissen Sie, eigentlich ist es gemein, dafür auch noch Geld zu verlangen. Ihr Beruf ist, angebotene Waren mit hundert Prozent Aufschlag weiter anzubieten. Das ist gewiß weniger beglückend.«

»Ach Sie! Sie haben immer so etwas Mokantes, wenn Sie mit mir reden. Geben Sie nur zu, Männeken, im Grunde beneiden Sie uns sehr, Sie mit Ihren geflickten Hosen!«

»Gewiß«, sagte ich, »ich bin oft neidisch. Wenn ich gerade Hunger habe und sehe euch hinterm Schaufenster Pasteten fressen, dann beneide ich euch. Ich halte viel von Pasteten. Aber sehen Sie, kein Genuß ist so flüchtig, ist so lächerlich vergänglich wie der des Essens. Und so ist es im Grunde auch mit den schönen Kleidern, den Ringen und Broschen, den ganzen Hosen! Es macht ja Spaß, einen schönen neuen Anzug anzuziehen. Aber ich zweifle, ob dieser Anzug Sie den ganzen Tag beschäftigt, erfreut und beglückt. Ich glaube, ihr denkt oft ganze Tage lang an eure Bügelfalten und Brillantknöpfe gerade so wenig wie ich an mein geflicktes Knie. Nicht? Also was habt ihr schon davon? Die Heizung allerdings, um die sind Sie zu beneiden. Aber wenn die Sonne scheint, auch jetzt im Winter, weiß ich eine Stelle bei Montagnola, zwischen zwei Felsen, da ist es dann so windstill und so warm wie hier in Ihrem Hotel und viel bessere Gesellschaft und kostet nichts. Oft findet man sogar noch eine Kastanie unterm Laub, die man essen kann.«

»Na, mag sein. Aber wollen Sie davon leben?«

»Ich lebe davon, daß ich produziere, daß ich Werte in die Welt setze, seien es noch so kleine. Ich mache zum Beispiel Aquarelle, ich wüßte niemand, der hübschere macht. Man kann von mir für eine Kleinigkeit Gedichtmanuskripte kaufen, die ich selber mit farbigen Zeichnungen schmükke. Ein Schieber kann nichts Klügeres tun, als solche Sachen kaufen. Wenn ich übers Jahr tot bin, sind sie das Dreifache wert.«

Ich hatte es im Scherz gesagt. Aber den Schieber ergriff die Angst, daß ich Geld von ihm haben wolle. Er wurde zerstreut, hustete viel und entdeckte plötzlich am fernsten Ende des Saals einen Bekannten, den er begrüßen mußte.

Liebe Freunde in Berlin, erspart es mir, das Mittagessen zu schildern, das ich nun mit meinem Gastgeber genoß! Weiß und gläsern leuchtete der Speisesaal, und wie hübsch wurde serviert, wie gut aß man, und was für Weine! Ich schweige davon. Es war ergreifend, die Schieber essen zu sehen. Sie legten Wert auf Haltung, sie beherrschten sich schön. Sie aßen die delikatesten Bissen mit Gesichtern voll ernster

Pflichterfüllung, ja lässiger Verächtlichkeit, sie schenkten
sich Gläser aus alten Burgunderflaschen voll mit gelasse-
nen und etwas leidenden Mienen, als nähmen sie Medi-
zin. Ich wünschte ihnen dies und jenes, während ich zu-
sah. Eine Semmel und einen Apfel steckte ich mir ein,
für den Abend.

Ihr fragt, warum ich denn nicht nach Berlin komme? Ja,
es ist eigentlich komisch. Aber es gefällt mir tatsächlich
hier besser. Und ich bin so eigensinnig. Nein, ich will nicht
nach Berlin und nicht nach München, die Berge sind mir
dort am Abend zu wenig rosig, und es würde mir dies
und jenes fehlen.

(1919)

/ DEZEMBER /

Magst noch so viele Sorgen haben,
Was wissen davon deine Mädel und Knaben?
Wirf ab, was dich bedrücken mag,
Rüst ihnen reich den Weihnachtstag,
Damit auch dir im Herzen
Der Heiland wohnen mag.

Rein wie der weiße Schnee im Feld
Ist noch dies neue Jahr bestellt,
Doch was drin Neues wachsen mag,
Ist schon gesäet Jahr und Tag.

/ FEBRUAR /

Wenn du einen Kater hast,
Wird er nachts im Speicher singen;
Wenn du eine Katze hast,
Wird sie bald dir Junge bringen.

/ WINTER IM TESSIN /

Seit der Wald sich ganz gelichtet,
Wie verwandelt ist die Welt,
Hier geweitet, da verdichtet,
Alles neu und blaß durchhellt!

Berge tragen lila Schleier,
Glasig leuchtet ferner Schnee:
Alle Linien spielen freier,
Näher, größer scheint der See.

Und am Südhang im Geklüfte
Warme Sonne, lauer Wind,
Und die Erde atmet Düfte,
Die schon voll von Frühling sind.

// Mit den Jahren wurden mir die Winter hier im Süden
unerträglich, trotz der schönen lieben Sonne. Die Regen-
zeiten sind bedrückend; in vier durchgefrorenen Wintern,
während der Inflationszeit, habe ich hier vor einem winzigen Kaminfeuerchen gesessen und meine Gesundheit für
immer verdorben. Seither und seit der Geldbeutel es wieder erlaubt, gehe ich über den Winter fort, nicht um
schönere Gegenden zu sehen, denn die gibt es nicht, noch
um Abwechslung zu suchen, denn Langeweile ist etwas,
was die Natur nicht kennt, sie ist eine Erfindung der Städ-
ter – aber ich reise zu den warmen Bädern, ich reise in
Städte, wo es gutschließende Türen und Fenster, warme
Holzböden, gute Öfen, wo es einen Arzt und einen Mas-
seur gibt, und während ich mit ihrer Hilfe die Winter-
schmerzen zu ertragen suche, fällt dies und jenes Schöne
mir in den Schoß: Besuch bei Freunden, gute Musik,
Stöbern in Bibliotheken und Galerien. Ich wohne dann
in der Stadt, und es kommen da, obwohl ich schwer zu
finden bin, allerlei Leute zu mir. Es kommen verkannte
Maler mit Mappen voll toller Entwürfe, es kommen junge

selbstbewußte Leute, die Philologie studiert haben und jetzt eine Doktorarbeit über mich machen wollen; sie machen sie auch, reißen mich und das, was ich in dreißig Jahren gearbeitet habe, unerschrocken in Fetzen und bekommen dafür von ihrer Fakultät den Doktorhut auf die klugen Köpfe gesetzt. Es kommen versoffene Kunstzigeuner, die oft gute Geschichten wissen und jedenfalls ergiebiger sind als alle »gute Gesellschaft«, und es kommen die Kometen und Exzentriker des Geistes, Genies mit Verfolgungswahn, Religionsgründer, Magier. Es kam, bis vor kurzem, je und je der liebe arme Dichter Klabund, voll von Geschichten, voll von Neugierde, mit dem jungen, immer ein wenig fiebrigen Gesicht, oder es erscheint, flüchtig und nur für Stunden, ohne Gepäck und mit der Bahn fehlgefahren, die blonde Fee Emmy Hennings, und früher zeigte sich manchmal auch der hagere Gnom Hans Morgenthaler, der wenig sprach, viel vor sich hin kicherte, zuweilen furchtbar verzweifelte Gedichte aus der Tasche zog und todkrank war, auch er ist dies Jahr gestorben. Für sie alle bin ich eine Art Onkel, wir haben einander gern, sie sehen mich mit Verwunderung scheinbar mitten im bürgerlichen Leben stehen und doch zugleich ihrer Welt angehören; sie rechnen mich nicht ganz zu sich, zur Zunft der Heimatlosen, und wissen doch, daß ich nicht nur Mozart und die Florentiner Madonnen liebe, sondern ebenso sehr die Entgleisten, die gehetzten Steppenwölfe. Wir tauschen Gedichte und Zeichnungen, geben einander Redaktionsadressen, leihen einander Bücher und trinken manche Flasche Wein miteinander. Manchmal lasse ich mich auch zu einer Reise in irgendeine schöne, bildungshungrige Stadt verleiten, jedes Jahr einmal, da bekomme ich Reisegeld und Honorar, werde von einem Kenner durch die Altertümer und Sehenswürdigkeiten der Stadt geführt und muß dafür einen Abend lang fremden Menschen in irgendeinem unsympathischen Saal meine Gedichte vorlesen, und tue es jedesmal mit dem Gefühl: »Nie wieder!«

(Aus: »Wenn es Herbst wird«, 1928)

/ PAVILLON IM WINTER /

Urenkelstiefkind eines hadrianischen Tempels,
Illegitimer Erbe mediceischer Villen.
Mit einem Hauch Erinnerung an Versailles
Gepudert, lächelst du
Mit deinen Treppen, Säulen, Vasen und Voluten,
Unheimisch am barbarischen Strand,
Blickst in ein Land, dem du nicht angehörst,
Schickst Reize aus und Zauber,
Die nicht dein eigen sind;
Und Schnee blickt ringsum kalt
Durch deine allzuvielen Scheiben.

Du gleichst in der geliehenen Pracht
Dem armen Mädchen, das am Straßenrand
Der Großstadt steht und etwas mühsam lächelt
Und nicht so schön ist wie es scheinen will,
Und nicht so reich wie sein gefälschter Schmuck,
Und nicht so froh wie seine bunte Larve.
Ihm gleichst du; etwas Spott
Und etwas Mitleid gibt dir Antwort.
Und Schnee blickt ringsum fremd
Und kalt durch deine allzuvielen Scheiben.

/ KONZERT /

Die Geigen schwirren hoch und weich,
Das Horn klagt aus der Tiefe her,
Die Damen glitzern bunt und reich
Und Lichtgefunkel drüber her.

Ich schließe meine Augen still:
Ich sehe einen Baum im Schnee,
Der steht allein, hat was er will,
Sein eigen Glück, sein eigen Weh.

Beklommen geh ich aus dem Saal
Und hinter mir der Lärm verklingt
Von halber Lust, von halber Qual –
Mir blieb er unbeschwingt.

Ich suche meinen Baum im Schnee,
Ich möchte haben, was er hat,
Mein eigen Glück, mein eigen Weh,
Das macht die Seele satt.

// Nie geht es so, wie man es sich gedacht hat. Seit Jahren bemühe ich mich, mein Waldmenschenleben etwas mehr in Einklang mit dem zu bringen, was man in Berlin Kultur nennt, habe nun schon mehrere Winter in Städten gelebt, habe ein Absteigequartier in Zürich, wagte mich gelegentlich bis Stuttgart, bis Frankfurt, bis München vor, und je und je trug ich mich sogar ernstlich mit dem Gedanken, einmal heimlich und inkognito einen kurzen Besuch in Berlin zu machen, nur um zu sehen, ob denn tatsächlich meine Vorstellungen von dieser Metropole so rückständig und albern seien, wie man mir täglich sagt. Und nun sitze ich, statt in Berlin, achtzehnhundert Meter hoch im Graubündner Gebirge, in Arosa, wohin man mich aus freundlicher Rücksicht auf meine Gesundheit geschickt hat. Es sind aber nicht die Lungen, und ich bitte,

mir weder Adressen von Ärzten noch Muster von Heilkräu-
tertees zu schicken, es ist nicht dies, was mir mangelt.

Als sie mich hier hinauf in den Schnee schickten, haben meine Freunde, sofern sie nicht einfach den Wunsch hatten, mich für eine Weile loszuwerden, sich gedacht, daß es die reine, kalte Höhenluft sein werde, die mir fehle, daß ich vielleicht genesen werde, wenn statt der dicken Atmosphäre der Bahnhöfe, Studierzimmer, Ballsäle mich Sonne, Schnee und Sternenluft der Berge umgäbe. Und nun bin ich hier, in Arosa, seit mehr als zehn Jahren zum ersten Mal wieder in den Bergen. Statt der Großstadt Schnee, statt der »Kultur« Tannenwälder und Föhnstürme, statt Berlin Graubünden – so wurde ich, wider meinen Willen, diesmal geführt. Und, wie immer, erweist sich die Führung als vortrefflich, und außerdem geht es auch diesmal wieder so, daß sich mir im völligen Fehlschlagen eines Planes dennoch ein Teil dieses Planes ungesucht erfüllt. Denn ich habe hier oben, wenn auch nur einen Abend lang, Berlin und Berliner Luft gefunden und mich einige Stunden lang in meinen Vorübungen für das Großstadtleben vervollkommnen können.

(Aus: »Winterferien«, 1928)

// Meine Frau, die immer gern in die Berge geht, hat mir zu Weihnachten ein Paar Ski geschenkt und mich dadurch zur Reise genötigt. Es war natürlich ein Danaergeschenk; denn meine naive Meinung, zum Skilaufen gehöre nichts als ein Paar solcher Hölzer, hat mich elend betrogen. Man braucht nicht nur die Bretter und das Billett nach Graubünden, sondern man braucht Skistiefel, Skihosen, Skimützen, Skibrillen, Ziegenhaarsocken und alles mögliche, was zusammen eine Menge Geld kostet, und da meine Frau das alles auch brauchte, hat sie mit ihrem Geschenk nicht übel abgeschnitten.

(Aus: »Winterbrief«, 1911)

/ SKI-RAST /

Am hohen Hang zur Fahrt bereit,
Halt ich am Stab für Augenblicke Rast
Und seh geblendet weit und breit
Die Welt in blau und weißem Glast,
Seh oben schweigend Grat an Grat
Die Berge einsam und erfroren;
Hinabwärts ganz in Glanz verloren
Durch Tal um Tal stürzt der geahnte Pfad.
Betroffen halt ich eine Weile,

Von Einsamkeit und Stille übermannt,
Und gleite abwärts an der schrägen Wand
Den Tälern zu in atemloser Eile.

// Die Art, wie in Davos der Wintersport betrieben wird,
ist flott und imponierend. Man sieht prächtige Menschen
jeden Alters mit geübten Gliedern sich bewegen. Die Schlitt-
schuhplätze sind groß und glashart, ringsum ist das Land
für Skitouren wie geschaffen und die Schlittenbahnen sind
die besten, die ich gesehen habe. Immerhin ist der Ton
solch internationaler Sportplätze für empfindsame Reisen-
de nicht lange erträglich, und auch ich nahm nach einigen Stunden gern wieder Abschied, um auf meinem Berg-
schlitten nach Klosters zurückzukehren.
Nie habe ich eine schönere Schlittenpartie gemacht. Die
Fahrt auf dem gut gebahnten, genügend steilen Weg ging
rasch und flott, ohne übermäßig anzustrengen, und ich
fuhr, auf dem niederen Schlitten zurückgelehnt, beinahe
flach auf dem Rücken liegend, durch Wald und an schönen
weiten Ausblicken vorbei, das Auge bald auf den Weg gerichtet, bald im hohen reinen Himmel ruhend, während
feine, vom Schlitten aufgerissene Schneestaubwolken mir
kalt und prickelnd übers Gesicht stoben. Unterwegs holte
ich einen Bobsleigh, einen langen Sportschlitten mit fünf

Fahrern, ein. Er hatte umgeworfen und war völlig zerbro-
chen, und die fünf Fahrer standen dabei, rieben sich schmer-
zende Glieder und wären in der Eile beinahe von mir nochmals umgerannt worden.

Den Weg, den man in etwa anderthalb Stunden bergauf ge-
stiegen ist, legt man rückwärts auf dem Schlitten in knapp
zehn Minuten zurück. Im Dahinfahren durch den weißen
Bergwinter, tausend Meter über dem gewohnten Leben, ver-
gißt man alles, was des Vergessens wert ist, und reitet sau-
send talab, aus dem Gipfelglanz und der Sonnenwärme
der Höhe in die strenge Kühle des totenstillen Bergtales hinunter. Der Geist der Berge geht mit, der große Tröster –

Und manchesmal, wenn ich im Herzen litt,
Ging er auf Gletscherwegen leise mit
Und legte gütig seine kühle Hand
Auf meine Stirne, bis ich Frieden fand.

(Aus: »Wintertage in Graubünden«, 1906)

/ HOCHGEBIRGSWINTER /

I

Aufstieg

Und ringsum Schnee und Gletschereis
Und steile Berge Wand an Wand,
Dahinter traumhaft weit und weiß
Das tief verschneite Oberland.

Und langsam setz ich Schuh um Schuh
Auf Fels und schneeverwehten Grund
Und wandere den Gletschern zu,
Die kurze Pfeife schräg im Mund.

Vielleicht daß dort, fern aller Welt
Im blauen Licht von Eis und Mond
Der süße Friede, der mir fehlt,
Und Schlummer und Vergessen wohnt.

II
Berggeist
Ein starker Geist hält seine weiße Hand
Weit über seine Berge ausgespannt.

Groß ist das Leuchten seines Angesichts,
Ich aber fürcht ihn nicht: er tut mir nichts.

In schwarzen Schlüften hab ich ihn gespürt,
Auf hohen Gipfeln sein Gewand berührt.

Ich hab ihn oft aus leisem Schlaf geweckt
Und zwischen Tod und Leben frech geneckt.

Und stundenlang, wenn ich im Herzen litt,
Ging er auf Gletscherwegen leise mit

Und legte gütig seine kühle Hand
Auf meine Stirne, bis ich Frieden fand.

III

Grindelwald

Schon manche selige Nacht hat über mir geblaut,
Doch so wie heut hab ich die Sterne nie geschaut.

Die Berge stehen steil mit schroffer Stirn,
Ein leises Leuchten geht von Firn zu Firn.

Darüber ausgespannt träumt wunderbar
Der nahe Himmel rein und sternenklar.

Mit mächtigen Lichtern, schweigsam, reich und mild
Reiht sich in seligem Reigen Bild an Bild.

Ein großer Friede wacht ob ihrem Kranz
Und füllt die Seele mir mit kühlem Glanz.

So daß vom Leben, das weitabwärts treibt,
Mir nur ein halbvergessenes Gestern bleibt.

Schlittenfahrt

Der Schneewind packt mich jäh von vorn,
Mein Schlitten knirscht im schnellen Lauf,
Genüber streckt sein fahles Horn
Der wolkenblasse Eiger auf.

Ein kühler Siegesmut erfaßt
Mein Herz mit unbekannter Lust,
Als trüg ich eine werte Last
Von Stolz und Glück in meiner Brust.

Was noch von Krankheit in mir schlief,
Ich riß es aus mit fester Hand
Und warf es lachend steil und tief
Hinunter ins verschneite Land.

// Es gibt in der weiten Welt nichts Wunderbareres, Edle-
res und Schöneres als die Hochgebirgssonne im Winter.
Von Schnee und Eis und Stein zurückgeworfen, spielt
Licht und Wärme schwelgerisch in den unbeschreiblich
durchsichtigen winterklaren Lüften – ein Licht und ein
Strahlen feiner, zarter, trockener Wärme, von dem das
Tiefland auch an den glänzendsten Tagen keine Ahnung
hat.

                    (Aus: »Wintertage in Graubünden«, 1906)

Aufatmend auf dem Grat, den ich bezwang,
Stoß ich den Bergstock in den harten Firn,
Mit dem ich wie mit einem Feinde rang.
Nun tret ich triumphierend seine Stirn.

Und weit hinaus ruht helles Winterland:
Kein Wald, kein Acker, kein beglänzter See!
Nur eines jungen Stromes grünes Band,
Sonst nichts als Leere, Einsamkeit und Schnee.

Erfroren, weiß und aller Lust beraubt
Erscheint die Welt … da, durch ein Nebeltor
Schwingt klar und strahlend mit besonntem Haupt
Ein ferner Alpengipfel jäh hervor.

Und plötzlich flammt in rötlich grellem Licht
Der starr gezackte Kranz vereister Wände,
Urweltlich groß, ein fabelhaft Gedicht,
Und niederkniend falt ich meine Hände.

(1921)

Schön ist der Morgenglanz im fernen Schnee,
Schön ist dies erste föhnig weiche Blau,
Hold ist am trocknen Südhang überm See
Die Mittagsrast im Laube braun und lau.

Und schöner ist und holder: im Geäst
Der kahlen Sträucher erster Amselschlag!
Das Herz wacht auf, die müde Welt genest,
Bald wird es blühn – nun komme, was da mag.

// Erst gegen Ende Februar kamen jene hellen Wochen, die den Hochgebirgswinter so herrlich machen. Die hohen, beschneiten Bergschroffen standen klar gegen den kornblumenblauen Himmel und sahen in der durchsichtigen Luft unwahrscheinlich nahe aus. Matten und Halden lagen schneebedeckt – mit dem Schnee des Bergwinters, den man so weiß und kristallen und herbduftend in den Talländern niemals findet. Auf kleinen Erdschwellungen feiert in der Mittagszeit das Sonnenlicht glänzende Feste, in Mulden und an Abhängen liegen satte blaue Schatten, und die Luft ist nach wochenlangem Schneefall so ganz gereinigt, daß in der Sonne jeder Atemzug ein Genuß ist. An den kleineren Halden frönt die Jugend der Schlittenfahrt, und in der Stunde nach Mittag sieht man alte Leutchen auf den Gassen stehen und sich an der Sonne gütlich tun, während nachts die Dachsparren im Froste krachen. Inmitten der weißen Schneefelder liegt still und blau der niemals gefrierende See, schöner als er je im Sommer sein kann.

(Aus: »Peter Camenzind«, 1904)

/ SEETAL IM FEBRUAR /

O dünne Sonnenluft im Februar!
Braun schleicht und gelb der fahle Strand dahin,
See starrt und Himmel glasig kühl und klar,
In Trauerzügen kahle Bäume ziehn.
Ach, graue Haare fand ich jüngst im Bart!
Alt wird und müd, was einst so hell gebrannt,
Zu Ende neigt, o Maler, deine Fahrt
Und führt durch Friedhofluft und Winterland.

Doch leis im Nacken brennt die Sonne schon,
Die zärtlich mir vom künftigen Sommer singt:
Noch einmal schreite glühend und beschwingt
Durch einen Sommer, du verlorener Sohn!

// Die Zeit der großen Schneefälle ist vorüber, wir haben jetzt jene schönen klaren Tage, deren Längerwerden man schon deutlich spürt.

Wieder steige ich im Morgenlicht durch den hohen Schnee hinan zwischen Hütten und Obstbäumen, die allmählich selten werden und zurückbleiben. Streifen von Tannenwald züngeln über mir den mächtigen Berg hinan bis zur letzten Höhe, wo kein Baum mehr wächst und wo der stille, reine Schnee noch bis zum Sommer liegen wird, in den Mulden tief und sammetglatt verweht, über Felshängen in phantastischen Mänteln und Wächten hängend.

Ich steige, den Rucksack und die Skier auf dem Rücken, in einem steilen Holzweg Schritt für Schritt bergan, der Weg ist glatt und manchmal eisig, und die stählerne Spitze meines Bambusstockes dringt knirschend und widerwillig ein. Ich werde im Gehen warm, und am Schnurrbart gefriert der Atem.

Alles ist weiß und blau, die ganze Welt ist strahlend kaltweiß und strahlend kühlblau, und die Umrisse der Gipfel stechen hart und kalt in den fleckenlosen Glanzhimmel. Dann trete ich in beengend dichten, finsteren Nadelwald, die Skibretter streifen spärliche Schneereste von lautlosen Zweigen, es ist bitter kalt, ich muß abstellen und den Rock wieder anziehen.

Überm Walde steile Schneehänge. Der Weg ist schmal und

schlecht geworden. Ein paarmal breche ich bis zu den Hüf-
ten durch den Schnee. Eine launische Fuchsspur geht vom
Walde her mit, jetzt rechts, jetzt links vom Pfad, macht eine feine spielerische Schleife und kehrt bergwärts um.

Hier oben will ich Mittagsrast halten. Die letzte Hütte
steht auf schmalem Weidebord, Tür und Fensterluken sorg-
fältig verschlossen, davor nach Süden eine kleine Ruhe-
bank, drüben ein Brunnen, tief unterm Schnee mit dunkel glasigen Tönen läutend. Ich zünde Spiritus an, fülle
Schnee in die Kochpfanne, taste im vollen Rucksack nach
dem Teepaket. Die Sonne blitzt grell im weißen Alumi-
nium, überm Kochapparat zittert die Luft in blasig quir-
lenden Formen von der Wärme, der versunkene Brunnen
gurgelt schwach unterm Schnee, sonst keine Regung und
kein Ton in der weiß und blauen Winterwelt.

Rings um die Hütte, von dem vorstehenden Dach ge-
schützt, läuft eine schneefreie Gasse, da liegen tannene Bretter, Stangen, Spaltklötze umher, sonderbar bloß und nackt
mitten in der Schneeöde. Ruhe, tiefe Ruhe. Erschrecken-
der Lärm für das verwaiste Gehör, wenn am Kocher ein
Schneekorn verzischt, wenn von unten aus den spitzen
Wipfeln ein Krähenschrei knarrt.

Aber plötzlich – ich hatte halbwach im Sitzen geträumt,
ungewiß, ob Minuten oder Viertelstunden – klingt ein unendlich schwacher, unendlich zärtlich-weicher Ton, selt-

sam befremdend, zauberlösend, in mein Ohr. Unmöglich, ihn zu deuten, aber mit ihm ist alles anders geworden: matter der Schnee, gedehnter die Luft, süßer das Licht, wärmer die Welt. Und wieder der Ton – und wieder, und mit rasch verkürzten Pausen wiederholt – und jetzt erkenne ich ihn, und jetzt lächle ich und sehe, es ist ein Wassertropfen, der vom Dach zum Boden fällt! Und schon fallen drei, sechs, zehn zugleich, gesellig, plaudernd, arbeitsam, und die Starre ist gebrochen; es taut vom Dache. Im Panzer des Winters sitzt ein kleiner Wurm, ein kleiner Zerstörer und Bohrer und Mahner – tik, tak, tak …

Und am Boden glitzert breit ein Streifen Feuchtigkeit, und die paar hübschen, runden Pflastersteine fangen zu glänzen an, ein paar dürre Tannennadeln drehen sich schwimmend auf einer winzigen Pfütze, die kleiner ist als meine Hand. Und die ganze Mittagsseite des Hüttendaches entlang fallen lässig die schweren Tropfen, einer in den Schnee, einer klar und kühl auf einen Stein, einer dumpf auf ein trockenes Brett, das ihn gierig schluckt, einer breit und satt auf die nackte Erde, die nur langsam, langsam saugen kann, weil sie so tief gefroren ist. Sie wird sich auftun, in vier, in sechs Wochen, und hier wird ein verblasener Grassame aufgehen, der jetzt unsichtbar schläft, klein und mastig, und zwischen den Steinen: zwergiges Unkraut mit feinen Blumen, ein kleiner Hahnenfuß, eine Taubnessel, ein weiches Fünffingerkraut, ein struppiger Löwenzahn.

Wie ist der kleine Platz seit einer Stunde ganz verwandelt!
Ringsum liegt immer noch mannshoch der Schnee und
wird noch lange liegen. Aber im Bezirk der Hütte, wie atmet da entbundene Kraft begieriges Leben!

Vom Schneerand auf dem Bretterstoß rinnt sacht ein stiller Tropfen um den andern und verrinnt lautlos im saugen-
den Holz, und das Tauwasser klatscht freudig vom Dach,
dessen Schnee doch nicht zu schwinden scheint, und vor
der Schwelle dampft der feuchte Boden in der Mittags-
sonne dünne Wölkchen aus.

Ich habe gegessen und habe den Rock ausgetan und dann
die Weste und sonne mich und gehöre mit zu der kleinen
Frühlingsinsel, und wenn ich auch weiß, daß dieser kleine, spiegelnde See zwischen meinen Schuhen und jeder
von diesen glitzernden Tautropfen in wenig Stunden tot
und Eis sein wird – ich habe doch den Frühling schon an
der Arbeit gesehen.

(Aus: »Vor einer Sennhütte im Berner Oberland«, 1914)

/ FEBRUARABEND /

Bläulich dämmert am Hügel hinab zum See
Matten Schimmers im Schmelzen der weiche Schnee,
In den Nebeln gestaltlos wie bleiche Träume
Schwimmen vielästige Kronen erstorbener Bäume.

Aber durchs Dorf, durch alle schlummernden Gassen
Wandelt der Nachtwind, schlendert lau und gelassen,
Rastet am Zaun und läßt in den dunklen Gärten
Und in den Träumen der Jugend Frühling werden.

/ QUELLENANGABEN /

Die Textauszüge wurden der Ausgabe Hermann Hesse, *Sämtliche Werke in zwanzig Bänden und einem Registerband*, herausgegeben von Volker Michels, Suhrkamp Verlag Frankfurt am Main 2000-2007, entnommen, die Briefauszüge den Ausgaben Hermann Hesse, *Gesammelte Briefe* (4 Bände), herausgegeben von Ursula und Volker Michels in Zusammenarbeit mit Heiner Hesse, Suhrkamp Verlag Frankfurt am Main 1980-1986 sowie Hermann Hesse, *Ausgewählte Briefe*, Suhrkamp Verlag Frankfurt am Main 1974.

/ VERZEICHNIS DER AQUARELLE VON
HERMANN HESSE /

Umschlagabbildung & S. 85: Blick von der Chantarella (Januar 1932), S. 4: Berge hinter Bäumen (30.3.1925), S. 17: Bei Cadenazzo (März 1918), S. 29: Landhaus vor Schneebergen (1.2.1923), S. 45: Januar im Tessin (9.1.1933), S. 61: Verschneites Seetal (17.12.1933), S. 69: Traumdorf (1919), S. 97: Berghütte (12.11.1924), S. 113: Wintermorgen (6.2.1933)